極めた薬師は
聖女の魔法にも
負けません
～コスパ悪いとパーティ追放されたけど、
事実は逆だったようです～
著 インバーターエアコン
illust. ⑪

ゴンザレス
冒険者ギルド支部長
元Ａランク冒険者で、
面倒見はかなりいい

クルト
鮮血の貴公子の二つ名を持つ魔剣士
追放されたロッテの身を
心配してついてきた
ロッテ
Aランクパーティを追放されてしまった薬師
興味のある分野以外は
ずぼらな面もある

アンジェリカ
慈悲の聖女と呼ばれる大聖女
喧嘩っ早いが、正義感が強く根は優しい
薬師を嫌っている

極めた薬師は聖女の魔法にも負けません

～コスパ悪いとパーティ追放されたけど、事実は逆だったようです～

著 インバーターエアコン

illust. ⑪

CONTENTS

プロローグ

夕方、ルルブの街に戻り冒険者ギルドに依頼仕事完了の報告をしたあと。

私の所属するパーティメンバーから話があると言われ、宿の一室に呼び出された。

向かった部屋には同じパーティメンバーの勇者と武道家……そして。

（誰……あの子？）

何故かもう一人、ウェーブがかった紫髪の見知らぬ少女がそこにいた。

「ロッテ……今日限りで、君にはこのパーティを抜けてもらうことにした」

「え？」

入って間もなく、勇者アーノルドが無慈悲な言葉を告げる。

今日の冒険の分け前の話かと思ったら、まさかの展開に困惑する私。

勇者アーノルド、私こと薬師ロッテ、武闘家アンツ、魔剣士クルト。

四人で冒険者パーティ【紅蓮《ぐれん》の牙《きば》】を結成し、それから二年。

新人だったあの頃から、死線を超え続け、世間で一流と呼ばれるAランクパーティまで登りつめた。

半年経《た》たずに解散するパーティが多い中、私たちは頑張ってここまで進んできたはず。

それなのに……どうして？　テーブルに置かれているパーティの契約解除用紙を見るに、どうやら彼らは本気らしい。

理由を確かめるために、ゆっくりと私は口を開く。

「な、なんで私が……いきなり」

「やれやれ、わざわざ言わなきゃわからないのか」

はぁ、と武道家のアンツがわざとらしくため息を吐いた。

私に言い聞かせるように説明する。

「お金がかかりすぎるんだよ、お前は」

「……はい？」

アンツに言われて自分の身なりを確認する。

薄汚れて、灰色に変色した白のローブ。

ところどころ、ほつれてしまいボロボロになった靴。

他の仲間たちが新しい装備品を買い替えても、私だけはもう長くこれを着続けている。

どう考えても、無駄遣いなんてしていないはずだ。

「お前の調合した薬がどれだけ、冒険の経費割合を占めているか理解しているか？」

「ち、ちょっと待ってよ……何言ってるの？　何度も言ってるけど、薬に関しては貴方たちが信じられないほど、無茶な戦い方をして傷つくからでしょう」

「それは仕方ないだろう、冒険者に無茶と怪我《けが》はつきものだ」

「だ、だからって限度があるでしょうが！」

し、仕方ないですって……？

格上の魔物相手に、計画性なく行き当たりばったりで突っ込んだりするのが仕方ないと？

そのせいで、私がここまで何千回ポーションを作ったと思っているの？


呆然《ぼうぜん》とする私。

いつもいつも……時間さえあればすりこぎ使って調合。

ごりごり、ごりごり、ごりごり、ごりごり、ごりごり、ごりごり、ごりごり……。

皆が怪我をする度に薬を調合して、雨の日も風の日も、雪の日も……ごりごりと。

予備を作っても、すぐ消費するし、何度私の腕が腱鞘炎《けんしょうえん》になったことか。

そのことを二人に何度も訴えるが……。

「何を訳のわからないこと言ってんだ」

「戦線にいる者の苦労も知らず、後ろの安全な場所でごりごり、すりこぎ回しているだけでおこぼれが貰《もら》えるのだから、感謝して欲しいくらいだ」

「んなっ！　なんですって！」

薬師を侮辱する二人の言葉。

そりゃ確かに私はごりごりしてたけど、他にもたくさん自分なりに貢献してきたつもりだ。

薬師に求められるのは調合生成だけじゃない。何よりも大事なのは知識だ。

パーティランクが上がるたび、新しい場所に向かえばそれに応じて未知の魔物も増える。

何が起きても即座に対応できるよう、パーティをバックアップするために、寝る間も惜しんで勉強してきた。

直接戦線には立てずとも、私は私なりに戦ってきたつもりだ。

だが、彼らには私の苦労の半分も伝わっていなかったらしい。

「わかったか、ロッテに辞めて欲しいと言った理由が……」

「……」

「その点メアリーは君とは違う。彼女は優秀な回復魔法のエキスパートである聖女だ。自身の魔力だけで治癒できる彼女がいれば薬の材料を集める手間も省ける。俺たちは余裕を持って戦線に立てる。わかるかロッテ、もう……お前は要らないんだ」

「あぁん……アーノルドさまぁ」

あまったるい声を出すメアリー。

私と違い新品の清潔感のあるローブを身に纏《まと》い、媚《こ》びるようにアーノルドの腕にしなだれかかる。

にやにやと笑みを浮かべ、馬鹿にするように私を横目でみる。

薬師の私は回復魔法なんて便利なものは使えない。

どうやっても無から薬を創り出すことはできない……だけど、納得ができない。

「うう、この人、私のこと凄《すご》い目で見てますぅ、こわぁい」

このぶりっこ女ぁ……。

ここ最近はパーティランクも上がり、飛躍的に指名依頼も増えた。

パーティに名声も付いてきて、彼らが増長している様子はあった。

いつからだろうか……こんな風になったのは。

昔はちゃんと利益を分配してくれていた気がするけど。

ここ数年は私が出費の原因だからといって、取り分は殆どなし。

私がずっと古い装備のままなのに、二人は装備を何度も新調している。

夜中私が勉強している間も、息抜きと称して二人が時々街で女遊びしているのも知っている。

それでも頑張って、皆のために頑張って、
それなのにこの仕打ち……ここでふと思う。

(そこまでして頑張る意味あるのかな？　私？)

そもそもどうして私、頑張ってたの？

今までの自分を全否定され、冷静になり突然スッと頭の靄《もや》が晴れた。

パーティに対する愛が一気に冷めた。

「もう……いいわよ」

「理解したようだな。お前の居場所はここにはないということを」

「ええ、そのようね」

はっきり言われて、いい機会だったのかもしれない。我慢する必要なんてなくなった。

急に目の前の人たちのことがどうでもよくなった。

「言われずとも、こっちから抜けてやるわ！　こんな馬鹿ばっかりのパーティなんてね！」

「な、なに？」

怒りのままテーブルの書類に書きなぐるようにサインする私。

「ほら、書いたわよ！　いつまでも女抱いてないで、とっとと受け取りなさい！」

「うぶっ！」

思いっきり紙をアーノルドの顔面に叩《たた》きつけ、部屋を出る。

こうして私はパーティを離脱することになった。

ロッテとクルト

翌朝、朝食を食べて街門へ。
一晩考えて、私はこのルルブの街を離れることに決めた。
外に出てリムルの街へ。海に面しており商人たちの交流も盛んな交易都市だ。
このまま冒険者を続けるか、それとも別の職業に就くかは決めてないけど。
仕事を見つけるにしても向こうの方が探しやすいと思う。
この街にいて元パーティメンバーたちと顔を合わせたくないしね。
昨日もわざわざ別の宿に移動したくらいだ……お金勿体なかったけど。
薬師としての経験はある。
有用な新薬を開発したり、とにかくパーティのために尽力してきた私だ。
ポーションなどの回復薬だけじゃない、解毒剤、痛み止めを兼ねた能力向上薬。
ちょっとした資格もあるし、それなりの知識はあると自分では思う。
うまく売り込めばきっと、たぶん……仕事は見つかるはずだ。
気持ちを切り替えて頑張ろう。昨日あんなことがあったけど眠ることはできたと思う。
これまで私の日課となっていた冒険の前準備。
野営に必要な食料の買い出し、回復薬の調合なども今日からはしなくていい。

これからはパーティではなく自分のことをメインで考えればいい。

そういった面では荷が減ったし、気持ちも楽になったと思う。

まぁ、思い出すとまだちょっとモヤモヤするけど。

あんな奴らのことをずっと考えてこれ以上時間を使いたくない。

でも……クルトにはちょっと悪いことをしたかな。

仕事の後処理で外に出ており、あの場にいなかったパーティメンバー。

もし彼がいたら何かが変わっただろうか？　私の味方をしてくれただろうか？

私の一つ年下の十七歳、ちょっと変な魔剣士ではあるけれど。

お互いに得意分野も違うはずなのに彼とは不思議と話があった。

(せめて会ってお別れの言葉ぐらい言っておきたかったけど)

「よき旅を、気をつけて」

「ええ」

街門に辿《たど》り着き、ペンでさらさらと名前を書いて簡単な出入りの手続きを終える。

そして街の外に一歩踏み出そうとしたところ。

「……ロッテえええぇぇ！」

「え？」

背後から大きな声が聞こえてくる。妙に聞き覚えのある声だ……というか。

振り向くと、そこには先ほどまで脳裏にいたはずの青年。

サラサラとした茶色の髪、深海を思わせるブルーアイズ。

この年代特有の少年らしさと、時折見せる大人っぽさを同居させた青年が息を切らせながら走ってくる。

「はぁ、ふぅ、よ、よかった……まだ街にいてくれたか」

「ク、クルト？」

余程急いでここまで来たのか、かなり息を切らしている。

希少な魔物の革でできた軽鎧《けいがい》も汚れている、背中の長剣が動きに合わせて上下する。

「はぁ、ふぅ……勘弁してくれよ！　ったく、俺がいない間に勝手なことを。くそ、アーノルドの奴……」

ぜぇはぁ言いながらも、キッと私を睨《にら》む。

どうやら事情はしっかりと把握しているようだ。

「ごめん、せめてクルトには一言挨拶しようとは思ったんだけどさ」

「…………」

「とにかく、そういうわけだから私はこの街を出て行く」

別の街で、再出発することを告げる。

「そうか……じゃあもう、ロッテはパーティに戻るつもりは一切ないんだな」

「ええ……それはできないわ、絶対に」

「そうか……安心したよ」

「あ、安心？」

あ、安心ですって？　……一体どういうことよ。

「よかった、よかった……いや～本当によかった」

「…………」

私が戻ってこないと聞いて、凄く嬉《うれ》しそうな笑みを浮かべるクルト。

もしかして、この男は、私の心をへし折りにきたのだろうか。

わざわざ私のところに走ってきてまで、傷口を抉《えぐ》るつもりなの？

心配して、見送りと思わせておいて。

（そっか……アンタもか）

馬鹿みたいなところも多いけど。

アンタは決して陰険な真似《まね》だけはしないと、信じていたのに。

どうやら私は本当に人を見る目がなかったらしい。

と、ネガティブになっていた私はそう思ってしまった。

しかし……。

「俺もさっきパーティをやめちまったんだ！　……ははは！」

「は、はいぃ？」

今、この男はなんて言った？

彼の口から飛び出したのは私の予想を大きく外す発言だった。

どう考えても、ははは って笑うとこじゃないでしょ。

「パーティを……辞めた？　クルトが？　な、なんで？　どうしてよ！」

「決まってるだろ。話を聞いてアイツらにムカついたからだよ！　『ロッテがいないなら、俺があのパーティにいる意味なんてない！』……つって、喧嘩《けんか》してそのままパーティを抜けてきた」

「…………な、あ」

「これで万が一、翌日ロッテが心変わりしてパーティに戻るとか言ったら、俺すげえ馬鹿だったからな……未練がないようで安心したよ」

絶賛困惑中の私にたたみかけるように、あっけらかんと言う。

力強い大きな手で私の手をギュッと強く握るクルト。

「だから俺も同行させてくれ……ロッテ！」

「…………」

な、なにがだからなのかよくわからないけど……彼は私についてくる気満々らしい。

「大体、このご時世に一人旅なんて危ないぞ」

「い、いや……さすがに一応、魔物除けの聖水ぐらいは用意しているけど」

「魔物が現れなくても、人間は近づいて来るだろう？　もし盗賊が出たら若い女なんていいカモだ……ロッテは不用心すぎる、これまでとは違うんだぞ」

だ、だってお金もそんなになかったし……。

徒歩で二日程度、わざわざ馬車使うのも勿体なかったし。

「ということで、俺もついて行く」

「………」

確かに危機意識が足りなかったのは事実だ。

この辺の治安が悪くないとはいえ不安がないわけではない。

薬師である私は直接的な戦闘なんてできないし。

クルトがいてくれるなら、こんなに心強いことはないんだけど。

「あ、あれ……なんでさっきから黙ってるんだ？」

「ん？」

「もしかして、俺と一緒じゃ……嫌か？」

私が黙っているのを別のニュアンスと受け取ったのか。

捨てられそうな子犬のように、不安気な眼をするクルト。

ここまで強引に話を進めようとしていたのが嘘みたいだ。

「な、なんなら、その……道中、ただで用心棒を雇えた運がいい、くらいに思えばいいからさ」

「ち、違う違う！　嫌ってわけじゃないからっ！」

「そ……そっか、ならよかった」

勘違いを正すように、慌てて手をぶんぶんと振るとクルトが安堵《あんど》の息を吐く。

「ただ、純粋に私に付いてくる理由がわからなかっただけ」

「さっきも言っただろ、ロッテがいなきゃ【紅蓮の牙】にいる意味がないって」

「それ……殆ど答えになってないんだけど」

「そうか……そのままじゃないか？」

何故、私が疑問に感じているのかわからない様子。

そこに至るまでの行動原理を聞きたかったんだけど。

「その方が絶対に楽しいし……それに、あの三人足し合わせたとしても、ロッテと一緒の方がずっと魅力的だったしな」

「……あ～、はいはい」

「あ、本気にしてないな」

クルトの口から出たあまりに真っすぐな言葉に俯《うつむ》きながら答える。

それは彼の冗談交じりの言葉だったのかもしれない。

だからあっさりと流してしまったけれど……不覚にもちょっとだけ嬉しくて。

正面から顔を見れず照れてしまった自分がいた。

「まぁロッテのこと以前に、そもそもアーノルドたちにそこまで思い入れがないからなんだけど」

「こんにゃろ」

「ははは……」

クルトがからかうように笑う。

不思議と彼と話しているうちに心が温かくなっていく。

「ま、ありがと……それじゃクルト、またよろしくね」

「ああ」

ギュッとお互いの手を握った。


クルトと一緒にリムルへ、雑談しながら北の街道を進んでいく。

流石というか。話をしながらでも、クルトは魔物に対する周囲の警戒は怠らない。

即座に背中の剣を抜けるように。

馬車も通る道なので、それなりに広く整備されているが、ゴブリンやレッサーオーク、ホーンラビットと魔物も偶《たま》に出る。

魔物が増えすぎないように、定期的に冒険者が狩ったりはしているけども。

まぁこの辺りの魔物はモンスターは魔物危険度ランクも低くクルトの敵ではない。

わざわざ聖水は使わなくてもいいとクルトが言うので、節約のために甘えることにした。

街を出て一時間半程歩き……。

「そういえば、何気に久しぶりよね……二人だけで街の外に出るのって」

「ん？　そうだっけか？」

「ええ、そうよ」

【紅蓮の牙】にいる時は、時間がある時に荷物持ちを兼ねて街で買い出しに付き合ってもらったりしたことはあったけど。

こうして二人だけで外のフィールドを歩いた経験は殆《ほとん》どない。ちょっと新鮮な気分である。

二人旅といってもそれなりに付き合いも長い、今更緊張することもなく気楽だ。

と、そこで……。

ぐう……と、隣にいるクルトからお腹の音が鳴った。

「お腹空いたの？」

時刻は十時くらいだろうか？　まだお昼には大分早いけど。

「ああ、ロッテの話をアーノルドから聞いて、朝飯食わないで宿を出て来たからな」

「……え？」

クルトが朝の話を教えてくれる。

昨晩遅く、クルトは依頼があった付近の村から後処理を終えて戻ってきた。

朝起きて、普段は起きているはずの私の姿がないことに彼は気づいた。

気になってアーノルドを起こして聞いてみたら……ということらしい。

で、そのまま殆ど準備する時間もなく街門の方に走ってきたと。

「別に急ぐ旅じゃないんだから、一度ルルブでご飯食べてからでもよかったのに」

「い、いや……その、だってさ。あのちょっと感動的な感じの出発の場面の後に『さぁ、一度街に戻ろう！』なんて言いにくくないか？」

「いや……そこは言いなさいよ」

やっぱりクルトは変な奴だ。

そもそも格好つけたって、相手に悟られたら意味ないでしょうに。

結果的になんとも締まらないというか。

「ん？　ちょっと待って？　すぐ私のところに来たってことは、食料も持ってない？」

「まぁ、うん……もう最悪現地調達すればいいかなぁ……と」

「いやいやいや……」

まぁ道中二日間ぐらいなら食べずとも死にはしないけど。

だからって、しんどいことは変わりないわけで。

一応私も予備の携帯食は持ち歩いているけど。

クルトは女の私よりもたくさん食べるだろうし、足りないだろう。

「あ！　もしかしてさっき、私に聖水を使わなくてもいいって言ったのって、そういうこと？」

「ああ、実は……うん」

目を逸らし言いづらそうにクルトが呟《つぶや》く。

食用にできる魔物が出たら食べるつもりだったようだ。

聖水を撒《ま》くと魔物が寄ってこない。

なんという運任せ、無計画にもほどがある。

「はぁ……しょうがないわねぇ」

大きくため息を吐く私。

でも……ま、そうまでして私に会おうとしてくれたわけだしね。

ここで私が彼に文句を言うのも、ちょっと違うよね。

せっかく、彼は慌てて準備もせずに来てくれたのに。

私はクルトのことを少し疑おうとしてしまったわけだし……罪悪感もちょっとある。

パーティを抜け、再出発の門出。

最初から携帯食で寂しくモソモソするというのも味気ない。

「食料……か、よし！　……クルトのためにひと肌脱ぎますか」

「え、ロッテ？」

「ふふ……まぁ、任せておきなさいな」

軽く胸をたたく私。

「任せておきなさいって……どうする気なんだ？　ロッテ？」

「まぁ、ちょっと待ってなさい」

食糧問題を解決するために行動を始める。

人が来ても邪魔にならないよう街道横のスペースに移動し、しゃがんで荷物を降ろす。

いきなりの私の行動に疑問の視線を送ってくるクルト。

「せっかくだし、私も美味《おい》しいものを食べたいからね。クルトはお肉大好きでしょ」

「そりゃ好きだけど……え？　まさかロッテが魔物を捕まえるのか？」

「愚問ね、この私が魔物と戦えるわけないでしょ……」

「堂々と胸を張って言うことではないけどな」

戦闘なんかできるわけがない。運動神経だって人並みの……ザ、凡人である。

まぁ冒険で山やダンジョン探索などで外に出る機会も多いので、パーティに迷惑を掛けないよう最低限の体力は身につけたつもりだけど。

「捕まえるのはクルトよ。私はクルトを助けるだけ……さぁ呼ぶわよ！　獲物となる魔物を」

運頼みなどではなく、意図的に魔物との遭遇率を上げる。

「なるほど、でもどうやって？　まさか魔物寄せの餌《えさ》なんて持ってきてないだろ？」

「ええ、一人旅でそんな物を持ち歩いたら危ないしね」

あれは扱いを間違えれば自殺コース一直線の危険な代物だ。

でも、ここに腕利きのクルトがいれば問題ない。

「だから、今から作るのよ」

「つ、作るって、そんな即興で作れるものなの？」

「まぁ、似たような効果を持つものならね」

まあ、言うよりも実際に進めながら説明した方が早いかな。

ぱっぱと準備に入る。

ごそごそと音をたて袋の中から取り出したのは乳鉢、すりこぎなどの調合器具と、そして。

「せ、聖水？」

「そうよ」

「なんで？　聖水なんか使ったら逆効果だろ、魔物が寄ってこなくなる」

「ええ、普通に使えばね……」

指先で持った聖水の入った瓶を軽く揺らす。

クルトが少しだけ考える素振りを見せるが、よくわからないようだ。

「まぁ、ロッテのすることが意味不明なのはいつものことだし、考えてもしょうがないか」

「し、失礼な男ね」

「あはは……」

どうやら彼は思考放棄したらしい。

ま、まぁ別にいいんだけどね。元々クルトの担当はソッチじゃないし……。

「全部任せるくらい、信頼してるんだよ……ロッテの腕を」

「そ、なら期待に応えなきゃね」

聖水の入った瓶の蓋を開けて、マイ乳鉢の中に溢《あふ》れないようにゆっくりと投入する。

何気に聖水って高いからね。

クルトには街道に落ちている木を適当に集めてもらい、簡単な台を作成してもらった。

作成した台の上に乳鉢を置く。

「ふむ、なんの変哲もない聖水に見えるけどな」

「どこにでも売ってる市販品の聖水よ……これにちょっとした工夫を加えるのよ」

とにかく、これで準備は完了だ。

「じゃあ先生、お願いします」

「うむ」

ちょっとした小芝居っぽい冗談を挟む私たち。

なんだろう……同じ調合なのに、いつもよりちょっとだけ楽しく感じる。

「あ～、ごほん」

と、いけない、いけない。だからって失敗しないようにしないとね。

会話はしていても作業中に油断は禁物だ。

「ではまずこの聖水を……ぐつぐつ煮ます」

「はあぁ？」

こいつ、頭おかしいんじゃないのとばかりに。

口をあんぐりと開けるクルト。

予想もしない、私の言葉に思いっきり眉を顰めている。

「なに、文句あんの？」

「そりゃ最初からおかしいんだから突っ込みたくもなるよ……」

貴様、さっきの信頼という言葉はどこにいった？

そんな感じで戸惑うクルトをスルーして、魔物寄せのアイテムを作る。

まず聖水を加熱しホット聖水に。

いえ、水じゃないんだから聖湯の方が正確かしらね……どうでもいいか。

直火《じかび》だと危ないので台の下に火をつけて加熱する。

耐熱使用の乳鉢の中で、聖水が沸騰するのを待つ。

「で、沸騰させることに何の意味があるんだ？」

「私に全任せじゃなかったの？」

「いや……こんな聖水で紅茶入れるみたいな真似されたら、気になるって」

クルトが言うが、勿論ふざけているわけじゃない。

沸騰を待つ間に簡単にクルトに説明をする。

「クルト、聖水を使うと、どうして魔物が寄ってこないか知ってる？」

「ああ、それぐらいは……中に魔物の嫌う、聖女や神官たちの魔力が込められてるんだろ？」

「そうよ」

魔力の性質は個人によって異なる。

性質は生まれつきで、これによって扱える魔法属性が決まる。

聖女の魔力には退魔の特徴が備わっている。

いや、というよりも、そういった性質を持つ者が聖女になれるというべきか……。

「特殊な魔力融合液の中に聖女や神官の魔力を込められたのが聖水。この魔力が外の魔物を寄せ付けないようにする。勿論、融合液そのものにも意味があるわ、液体にすることで管理や持ち運びが容易になるだけでなく、魔物の嫌う魔力を周りの生物たちに感知させやすくする成分が入っているわ」

「お……おう」

頷《うなず》くクルト。ほ、本当にわかってるのかな？

あまり一気に説明するとこんがらがるか。

「ま、あんまり難しく考えないでいいわよ。今回やることは凄くシンプルだから」

説明を続ける。

「これから私がするのは、聖水の中の退魔成分（魔力）を魔物寄せの成分に変えること」

聖女の魔力は私たちの目的と相反するものだ。

魔物を呼び寄せるにはまず中の魔力を分離させる必要がある。

聖水を沸騰させ、一定温度以上になると内包された魔力と魔力融合液が分離する。

空気中に魔力だけが拡散し、魔力融合液だけが残る。

あとは、この魔力融合液を魔物寄せの効果がある魔力と融合させれば完成だ。

「な、なんとなく……わかった。本当になんとなくだけど。で、その魔物寄せの魔力はどこから用意するんだ」

「ふふ……これよ」

手に取りだしたのは小さな種。

「街道に出てくる食用魔物、ホーンラビットの好物はトレントの種、これを粉末状にして、融合液と混ぜ込めば完成……凄く簡単でしょ」

「手順としては……な。でもどうしてそんな方法を知ってるんだ？」

「まぁ……色々と時間を見つけて研究してたからね」

「いや……け、研究って、これ薬関係ないだろ」

「調べてみないと、何が薬になるかなんてわからないものよ。毒と薬が表裏一体のようにね、調合次第でポーションだって毒に代わるし、劇薬が気付け薬にもなることもある」

膨大な数の素材の中から、組み合わせを考えて効果を検証する。

好奇心というのはとても大事だ。

そもそも冒険において、調合素材をすべて持ち歩くことなどできない。

荷物量を抑えつつ、最小限の素材で最大限の効果を得る。

そのための応用を利かせることはとても大事だ。

アーノルドは私のことボロクソ言ってくれたが、私は私なりに考えてやってきたのだ。

「ぶっちゃけて言えばね、聖水だって、同じ効果を持たせるだけなら、聖女の魔力じゃなくたっていいのよ？　必要じゃないのよ、聖女は……」

「せ、聖女の魔力な……気持ちはわかるけどな」

苦笑したようにクルトが呟く。

あ……いけない、思い出したらまたイライラしてきたわ。

とはいえ、これはあくまで魔物との遭遇率を上げるための代物だ。

絶対の保証はないので、あとは私たちの運次第である。

だけどまぁ……そんな心配は杞憂《きゆう》だったようで。

一時間も経たないうちに、ホーンラビットは空気を読んで出てきてくれた。

これで食料問題は解決した。

「いやでも、やっぱ凄いな……ロッテは、在り方そのものが吃驚《びっくり》箱みたい」

その例えはどうなのか？　まぁ褒められて悪い気はしないけれどね。

聖水（改）に引き寄せられて現れたホーンラビットを捕まえ、解体して串に刺して焼く。

「ふぅ……食べた、食べた」

「よかったわね」

お肉を食べて満足気な顔のクルト。

焼いて軽く塩を振っただけなんだけど十分に美味しい。空腹は最高のスパイスだしね。

お腹を満たしたらまた移動を始める。

歩き続けていると、空が赤くなってきたので野営の準備に入る。

夜も昼の残りの肉だけだと味気ないので、手持ちの食料と途中生えていた食べられる野草とキノコも集めておいた。

簡単で美味しい兎《うさぎ》肉の鍋を作って食べる。

「ほら、煮えたわよ……ちゃんと野菜も食べなさいよ」

「言われずとも食べるっつーの、子供か俺は……なに、突然お姉さん風をふかしているんだ」

「事実……お姉さんですからね」

「何言ってんだ、一つしか変わらないだろうに……」

「その一つがとても大きいのよ」

雑談しながら楽しく夕食を取る。

そして食後、二人で焚火《たきび》を囲って温まる。

パチパチと火の爆《は》ぜる音、のんびりとした休息の静かな時間。

「ふぁ……っと」

炎から伝わる熱、適度にぬくぬくで心地がいい。

気が緩んだのか、欠伸《あくび》が出そうになったので、慌てて口を抑える。

「疲れたか、ロッテ？」

「ううん、大丈夫よ……」

心配してくれるクルト。

慌ててやって来たクルトのため、獲物を狩るのに時間を使ったけど。

まぁいつもの冒険に比べればたいしたアクシデントじゃない。

このまま進めば明日の夕方にはリムルの街に着くだろう。

なんとなく、ぼんやりと焚火をじっと見つめていると。

「なぁ……ロッテ」

「なに？」

顔を上げてクルトの顔を見る。炎のゆらめきがクルトの顔を照らす。

「リムルの街に着いたらどうするつもりだ？　冒険者を続けるのか？」

「正直、まだ決まってないわね」

「そっか」

「クルトは私が続けるの、反対？」

「どっちでもいいかな、それがロッテが選んだ道なら別に……」

「なによそれ」

そっちから質問しといて、ずるい返事ねぇ。

「ただ、冒険者じゃなくてもいいから、薬師としてのロッテはこれからも見ていたいな。アーノルドはああ言ってたけど、今日まで他の誰よりも、ロッテが努力してきたのは……俺、知ってるから」

「クルト……」

【紅蓮の牙】にあまりいい思い出はないけれど。

クルトと会えたのは……よかったと思う。

誰か一人にでも認めてもらえていたのなら、あの時間も決して無駄じゃなかった。

「クルトは街に着いたらどうするの？」

「愚問だな、これまで通りさ、俺には誇れるものなんて剣しかないからな」

そう言って背中の剣をコンコンと叩く。

「ふふ、それ言ったら私だって同じようなものよ……愚問、てやつね」

「はは、そっか」

二人で一緒に楽しく笑う。

「う……ん」

あ……話していたらなんか本当にうとうとしてきた。

瞼《まぶた》が重くなってくる。急激に襲ってくる眠気。

「見張りは俺がしておくから……無理せずに寝ていいぞ」

その様子に気付いたクルトが呟く。

「ごめ……んね」

「いいよ、いいよ」


間もなくス～ス～と小さく寝息を立てるロッテ。

横たわる彼女の身体が冷えないよう、俺は外套《がいとう》を上からそっとかけた。

(熟睡してるな、無理もない)

気持ちよさそうに眠っているロッテ。

時折、遠くの方から獣の声もするが起きる素振りはない。

なにせ昨日の今日だ。肉体的にも精神的にも疲れていたことだろう。

「むにゃ、むにゃ」

「しかしまぁ……なんというか」

何の夢を見ているのか？　口をもごもごと動かすロッテ。

（無防備というか、無警戒というか）

一応今、男女二人旅なんだけど。

若い女の一人旅は危ないから付いていく。

街を出る時に俺から言っておいて矛盾してるけど、なんだかなとは思う。

勿論、彼女を傷つけるような真似はしないが少し複雑な気持ちになる。

これは俺が信頼されているのか？　それとも異性として見られていないのか？

彼女と出会ったのは今から二年前のことだ。

当時の俺は彼女と同じぐらいの背丈だった。

昔の自分の姿を知っているせいか、彼女は妙に姉っぽく振舞うことがある。

さっきも少しそんなやりとりがあった。

百五十半ばだった身長も今ではロッテより頭一つ分大きく、百八十近い。

まだ成長しているらしく、定期的に身体に合わせて剣と鎧《よろい》を打ち直したりしている。

ロッテの普段の身なりを見てると時折、本人が女性であることを忘れてるんじゃないかと思う時もあったり……相当失礼かもしれないけど。

古びたローブなどは、新しい物を購入する余裕がなかったそうだし仕方ない。

これに関してはリーダーであるアーノルドがパーティの金銭管理をしており、先日まで詳しく知らなかったとはいえ、俺にも責任がなかったとは言えない。

それでも、三つ編みにした髪に、研究や実験で使う眼鏡をつけて、地味極まる装いでそのまま買い物に出かけたりと。

もうちょっとお洒落《しゃれ》すればいいのにと思う場面はあった。

彼女が綺麗《きれい》なドレスを着ているところなど、俺は一度も見たことがない。

男女混合の冒険者パーティは痴情の縺《もつ》れや、いざこざが頻繁にあったりする。

子供ができてメンバーが離脱しパーティごと解散したり。

そのため、同性だけで構成されたパーティというのはかなり多い。

しかし、良くも悪くもウチには驚くぐらいそういった話がなかった。

アーノルドたちはロッテの容姿を闇ガラスだのと酷《ひど》い例えをしていた。

（でも……）

焚き火の揺らめきが彼女の顔を照らす。

髪紐を解けば背中まで伸びる、案外長い漆黒の髪、今は閉じているけど宝石を思わせる吸い込まれそうな琥珀《こはく》色の瞳。

（実は凄い美人さんなのに……勿体ないんだよな）

「ふふ、うふふ」

なんか、口からちょっと涎《よだれ》が出かかっているけど。

正直、着飾ったロッテの姿を一度見てみたい気はする。

彼女の寝顔を見ながらそう思う。

（でも、ま……別に今のままでもいい）

たとえどこか泥臭くても、何故か誰よりも格好よく見える。

そんな彼女に俺は憧れていたのだから……。

月明かりの下、彼女との出会いを俺は思い出す。


【紅蓮の牙】を結成してから、わずか二年でAランクまで昇格した俺たち。

これはギルドの最速昇進記録に迫るほどだ。

まぁ、更新には残念なことに三ヶ月遅かったのだけど。

あと一つで、最高ランクとなるSだ。

全大陸合わせても六つしか存在しない、天上人たちの集まるパーティ。

浮遊城メロ、海底神殿シーヌーク他、人知の及ばないダンジョンを攻略し、巨大な功績を残した彼等。

もしかすれば、俺たちがその仲間入りをするのではないかと囁《ささや》かれていた。

こう聞くと順風満帆な道のりを進んできたように思えるが決してそんなことはない。

今は名前も売れているが、結成時は全員が未熟な新人。

パーティ内に一人、勇者《アーノルド》がいるとはいえ、駆け出しの頃は大変だった。

勇者とは英雄となる資質を認められた者を指し、将来性から教会や国から認められた存在。

その判断基準の一つが魔力だ。

個人の性質によって習得できる魔法は変わってくる。

火、水、氷、土、風、雷、光、闇などの属性があり、後天的に別属性を扱えるようになる人もいるけど、極稀《まれ》だ。

普通の人で大体属性一つ。十人に一人の確率で属性二つ。百人に一人が属性三つ。

属性一つ増えるごとに、扱える人が十分の一になる感じだ。

属性を四つ以上持つと勇者認定されることが多い。

ただ……千人に一人となると珍しいけど、探せばいないこともない。

それでも一応、国やギルドの方で多少なり支援金を貰えたり、ちょっとした特典がつく。

偶然、同じ街にいた俺とアンツとロッテは、アーノルドに誘われてパーティを結成する。

アーノルドは回復魔法が使えない、ゆえにロッテに声を掛けたのだろう。

治癒系の光属性に適性があるものは一握りで、絶対数では勇者よりも少ない。

今ならともかく、駆け出しではそんな人材は簡単に集まらない。

それから二年が過ぎ、依頼の難易度が上がるごとに何度も危ない目にあった。

今でも鮮明に思い出せる。

エレメンタルドラゴンとの死闘。アノト大迷宮で罠《わな》を踏み、数百体の魔物が潜むモンスターハウスに転移してからの大逃亡劇。

絶対絶命の危機、それでも……生き延びた。

俺も必死だったが、誰よりも彼女がいなければ俺たちはここまで来れなかった。

薬師の彼女が直接的に魔物を倒したわけじゃない。

モンスターハウスの時は幻惑香を調合し、魔物たちの同士討ちを狙うことで数の利による戦力差を覆した。

エレメンタルドラゴンの時も、動きからその弱点属性を見極め、適切な支援薬を生成。

彼女の創り出した薬が、俺たちの生きる道を切り開いてきた。

堂々と口にすることでもないけど、俺はそんなに頭がよくない。

彼女が薬を調合する光景を見ても、何しているのかさっぱりわからない。

だけど、それがどれほど凄いことかぐらいは理解できる。

薬師で冒険者となるものは結構おり、それなりに需要もある。

その薬の知識で、回復薬のポーションを現地でその場で調合できる薬師。

ランクが低い時は特に重宝される職業だ。

薬草関係の採取クエストも多く、一人薬師がいれば似たような毒草と間違えることもない。

そして当然、ゼロから薬を調合した方が技術代や人件費もかからないので薬代も安く済む。

しかし……経験を経て知識が身に付き、ランクの高い冒険者になればなるほど、薬師の必要性は低下しその数は減少していく。

Aランクパーティに所属する薬師、そんな冒険者をロッテ以外に俺は知らない。

何故まだ薬師を入れているのか？　彼女がいなければ最速昇進記録を狙えたんじゃないのか？

酒の席で知り合いの冒険者たちから言われたことが何度もある。

事実は逆だというのに、真実を言っても誰も本気で信じようとはしてくれなかった。

危険度の高い依頼ほど報酬が増える。
ランクが上がりお金が溜《た》まれば、多少高価になろうが別に薬を購入すればいい。
薬師を入れることに拘《こだわ》る必要はない。
中堅からは需要が減ってきて、パーティから離脱するケースが多い。
だけど……ロッテは最後まで付いてきた。
決して後ろで応援してるだけのお荷物などではなく、心強い支援戦力として。
冒険者活動において俺が彼女に不満を抱いたことは一度もない。
そこには想像を絶するような苦労があっただろう。
夜中、いつも宿の彼女の部屋からは灯りが漏れていた。
絶えず聞こえてくる、紙をペラペラとめくる音。
疲れて冒険から戻ってきた時も、どんな時も……。
未知の魔物が発見されれば、すぐにギルドに向かい話を聞く。
元々、薬師としても適正があったのだろう。
天性の手先の器用さに万物に対しての好奇心、奇抜な発想力。
だけどその努力の積み重ねは、才能なんて言葉だけで片づけていいもんじゃない。
自分が周囲にどう見られていたかは知っているはずだ。
それでも立ち止まらずに前を進み続けた彼女。
格好良いと思った。

外面なんかじゃない、その心が、生き方が、魂の在り方が……。

俺が冒険者になって最初に憧れた人は、強い魔物と戦い人々から尊敬と賛辞の声を送られ、日の当たる場所で鮮やかに舞う戦士などではなかった。

地味でも、汚れていても、影の中にいて誰も気づかなかったとしても、足掻《あが》き続ける一人の女性。

恐らくアーノルドはパーティの風評などもあって彼女を追放したのだろうが、二年間一緒にいてロッテの何を見てきたのか。

ロッテがどれほど凄いか、近くにいて何故それがわからない。

薬代がかかるロッテの代わりに、聖女を入れる？

ふざけるな！　あんな女に今のロッテの代わりなど務まるものか。

結成当時、アーノルドのおかげでギルドから援助を受けられ助かっていたこともあり、強く出られない面もあった。

だけど今回は許せず、気づけば手を出してしまっていた。

まぁ全然後悔はしていないけどな。

ロッテは強い女性だ。その能力ゆえに大概の要求は最終的にはこなしてしまう。

だけど、それがいいことか悪いことかはわからない。

彼女も一人の人間だ。昨日は我慢の限界を超えてしまったのだろう。

だが俺としてはそのまま歪《いびつ》な関係を続けるよりもよっぽどよかったと思う。

いい加減、ロッテは報われるべきだ。

じゃないと余りにも不公平じゃないか。

女は男が守るものとか、俺はそんな押しつけがましい騎士然とした決まり事は好きじゃない。

魔物の蔓延《はびこ》るこんな世界だ。

冒険者なんだし、首を突っ込んだなら誰だろうが、自分の身はきちんと自分で守るべきだ。

だけど……。

「ロッテは……俺が守るよ」

「…………むにゅ」

今もスヤスヤと気持ち良さそうに眠るロッテを一瞥《いちべつ》する。

受けた恩は絶対に返すから。

クルトの小さな呟きは空へと消えていった。


「う、あ~~……む？」

朝陽の眩《まぶ》しさと、ちゅんちゅんという鳥の鳴き声で目が覚める。

「おはよう、ロッテ」

「お……おお、おはよう？」

目蓋《まぶた》をゴシゴシすると、クルトの顔がすぐそこに。

ちょっと吃驚してしまう私。

今はリムルの街に向かう途中で昨晩は野営したのを思い出す。

「ぐっすり眠れたみたいだな」

「ご……ごめん」

「いいよ、本当に疲れてたんだろうしな」

素直に謝る私。

途中で起きて見張りを交代するつもりだったんだけど。

まさか、朝まで熟睡してしまうとは……普段は寝坊なんてしないのに。

寝ている間、クルトが掛けてくれたらしい外套を礼を言って手渡す。

「も、もしかしてクルト……昨日一睡もしてなかったり、する？」

「大丈夫だ、見張りしながら寝てたからな……」

「え、そんなことできるの？」

「ああ」

見た感じ無理してる様子ないし、目にクマもない。

私に気を遣ってくれたというわけでもなそうだけど。

「強い殺気を感じれば、一発で起きる」

「凄いわね」

正直、何言ってんのか私には意味不明だけど。

彼にしか分からない何かがあるのだろう、彼にとって私の薬の知識がそうであるように。

昨日の残りの鍋を温めて、朝ごはんを食べる。

「夜、外は問題なかった？」

「ああ、危ないことは特に……強《し》いて言えば、ロッテが時折寝返りうって自分から焚火に突っ込もうとしていたぐらいだな、慌てて止めたけど」

「あはは、まさかぁ……虫じゃないんだから、そんな馬鹿な真似するわけ」

「いやぁ、マジだよ。見てくれよ俺の外套」

そう言って、クルトがマントの一部を指指す。

そこは確かに焦げて黒ずんでおり……。

「なかなか派手にやってくれたもんだ」

「も、申し訳ございません。ま、街に着いたら弁償させていただきますので……その」

「はは……冗談だって、別にいいよ。俺が勝手にやったことだし、元々買い替えようと思っていたやつだから」

あなたは天使ですか……？　笑って許してくれるクルトさん。

「さて、と。それじゃあ、ぼちぼち出るか」

「ん、そうね」

彼がファサッと音を立てて、外套を肩にかける。

この男、顔がいいからこういう何気ない仕草も絵になるなぁ。

外套の焦げている部分すら、彼が着れば活かしたアクセントになるというか。

いや、責任逃れするわけじゃないんですよ。

お腹を満たし出発。二日目も特にアクシデントはなく道中を順調に進んでいく。

湿気を含んだ風が頬を撫《な》でる。海の街リムルが近づいている証拠だ。

「なんか急にザザエの壺《つぼ》焼きを食べたくなってきた」

「あ、いいわねぇ」

せっかく港町に行くんだしね、海の幸を堪能《たんのう》したいよね。

「磯《いそ》の香りがしてきた」

すんすんと鼻を鳴らすクルト。

「なんでかな？　俺、この匂い不思議と落ち着くんだよな」

「ふぅん、あれ死臭らしいけどね。海中プランクトンや海藻を元に発生する」

「ぶ、ぶった切るなあ。ロッテらしいけど」

「そんなこと言われてもね」

何気ない二人の雑談。

そして夕方。ようやく目的地であるリムルの街の門が見えてきた。

「うわぁ……」

「たくさん人が並んでるな」

街を出て二日ほど歩きようやく到着した私たち。

眼前にはグルリと街を囲む、強固な石造りの外壁。鉄格子の大きな街門。

ようやく疲労した足を休められると思ったが……。

二人揃って面倒そうな顔をする。

いくつか入場口はあるのだが、そのすべてに長い列ができていた。

私たちと同じ冒険者、子供連れの旅人、行商人。

皆、街の中に入るための手続きをしている人たちだ。

夜は魔物も活発になり外は危ないので、日暮れ前が混むのはタイミング的にも当然なんだけど。

「これは随分かかりそうだ」

「そうね……でも仕方ないわよ」

馬車などの大荷物用に別口を設けているが、そっちの方で検査員の人数を取られているようだ。

禁制品などが中に隠れてないか。馬車の荷を確かめる門番の兵士たち。

あれだけ多いと、チェックする彼らも大変だ。

十分が経過。

「クルト……私、イライラしてきたわ」

「おい、さっきの言葉はどこにいった？」

列に並ぶ人はちっとも減らない。

兵士たちも真面目に検査するのはいいことだけど、もやもやする。

お腹も空いたし、早く宿でゆっくりしたいのに。

「待ってる間、簡単なゲームでもするか？」

「ゲーム？」

「今日の晩飯をかけて……勝負だ、ロッテ」

ズビシ、と私に指先を向けるクルト。

いきなりのクルトからの提案。

「えぇ……奢《おご》ってもらうの、悪いなぁ……」

「言ってくれるな」

断っておくと、別に私はクルトを挑発しているわけではない。

「クルトは騙《だま》し合いの駆け引きとか、その手の勝負事に向いてないからね」

「舐《な》められたもんだな、俺も……」

その根拠のない自信は一体どこから来るのか？

クルトはすぐ顔に出るからなぁ……八割方私が勝つ。

で、そういう人に限って賭《か》け事が好きだったりする。

「確かにこれまで、俺は負け越している。だけど……じゃんけんならどうだ？」

「じゃんけん……また、これ以上なくシンプルな題目を」

ていうかゲームじゃなくない？

まあ、別にいいけども、盛り上がらなさそう。

「しかも一回勝負だ、これなら運以外の要素が殆ど入りようがない……だろ?」

「格好つけて言うことでもないと思うけど……そこまでいうなら、いいわ」

今更じゃんけんが面白いとは思わないが、どうせ暇つぶしの余興だ。

「一応確認しとくわ。クルトが私に勝ったら私がクルトに夕飯を奢る。クルトが勝てなかった場合は私に奢る。あ、でもあまり高いものはなしで、私も手持ちがそんなにないからね、良識の範囲で……それでいい?」

「ああ!」

「…………」

まったく……この男は。

「ね、クルトは賭け事弱いでしょ」

「……え?」

「あのさ、引き分けだった時のパターン……考えてる?」

結果は私の勝ち。

それでも彼の勝率は三分の一残されていたんだけど。

「ロッテは……こずるい」

「ごめんごめん」

だって、クルトが簡単に罠に嵌《はま》るんだもの。

「大体、ご丁寧にルール確認したり、回りくどい言い回しした時は疑っておいた方がいいわよ」

役に立つのか、立たないのかよくわからない話をする。

「ま……いいんじゃない、こんなの言葉遊びなんだから」

「まぁ……そうなんだけど」

負けてちょっと落ち込んだ様子のクルト。

「勝負事に弱いといっても、戦闘してる時のクルトは別なんだし……いつも頼りにしてるんだから」

「……そっか」

一瞬、頬を緩ませて、ちょっと嬉しそうな顔をするクルト。

しかし……長い。まだか、まだ入れないのか？

本当にいやなタイミングに当たっちゃったわね。

まだ時間がかかりそうだ。じゃんけん一回じゃ、たいした時間つぶしにもならない。

周囲から聞こえてくる、チっという舌打ち。

日も暮れてきたし、私たちと同じように不満を持っている者も多いようだ。

「……ん？」

ここでクルトが目を細め、訝《いぶか》し気な顔をする。

「どうしたの？　クルト」

「いや……今、空気がピリッとしたような感覚が」

神妙な顔付きのクルト。

周囲の人々を見回しても、特に異変などは起きていないようだけど。

「殺気？　……いや、少し違うか」

「もしかして、ここで何か起きそうなの？」

「ああ、嫌な感じがする……信じられないかもしれないが」

「まさか、信じるわよ」

彼の目を見れば本気かどうかくらいわかる。

「ロッテ……俺から離れるなよ」

「わかったわ」

私がクルトの言葉に頷くと同時。

「きゃあああああっ！」

「なんだ、なんだっ！」

離れた場所から聞こえてくる悲鳴。

バタバタと走って逃げ惑う人々、ぽつりと空いた空間に立っていたのは……。

「ね、ねぇクルト……あれって」

「ああ」

蜘蛛《くも》の足のように刀身が枝分かれした禍々《まがまが》しい形状の赤黒い剣を持つ少年。

その足元には、傷は浅いが腕を切られている男性の姿。

「間違いない……魔剣、だ」

突然聞こえてきた悲鳴。その発生源には不気味な形状の魔剣を持ち、虚《うつ》ろな目をした少年が立っていた。

「ひっ！　く、くるなっ！」

腕を切られたらしい男が、逃げるように少年から後ずさる。

「お、落ち着くんだヤト！」

「わ、私たちのことがわからないの！」

彼を庇うように前に出たのは、彼の仲間らしき二人。

盾持ちの少年と魔法使いの用の杖を持った少女。

同じ冒険者パーティとかだろうか？　魔剣持ちの少年に必死で語り掛けるている。

「ぐ、が………」

しかし、その声は彼に届いていない様子。

虚空を見る目で呻き声を上げている。

よく見ると剣を持つ少年の手の血管が大きく浮き出ている。

加えて不気味に紫色に発光している魔剣。

「クルト……あれって」

「ああ、魔剣に浸食されてしまっているな。何故今、この場でそんな事態になっているのかはわからないが」

魔剣については私よりもクルトの方が詳しい。

クルト自身も魔剣の使い手であるゆえに。

魔剣とはダンジョンや古代遺跡などから時折発見される特殊な剣だ。

その性能は通常武器よりも強力なものが殆ど。

ただ一癖あり、魔剣は誰もが扱えるというわけではない。

魔剣は意志を持ち、強力な魔剣ほどはっきりとした意志がある。

使い手を選び、魔剣に抗《あらが》えるだけの強い精神力がなければ扱えない。

代償も大きく、扱いを間違えればあの少年のように魔剣に身体を乗っ取られかねない。

「どうしたっ！」

「いったい何事だっ！」

騒ぎを聞きつけた街の兵士たちが、慌てて彼らの元に走ってくるが……。

「があああっ！」

兵士を見て威嚇するように剣を振り回す魔剣少年。

「ひっ」

「あ、あぶねえ！」

なんか今、蜘蛛のような剣の刀身部分が伸びたような。

あと一歩踏み込んでいたら、兵士たちは串刺しになっていた。

「ぐ、あ……」

苦悶《くもん》の声を上げる魔剣持ちの少年。

「ヤト、自分を強く持って！」

「魔剣の意志に呑《の》み込まれるな！」

このままでは周囲に大きな被害が出る。

こうなった原因である魔剣をヤトと言われた少年から仲間の二人が取り上げようとする。

兵士たちも参加して、どうにか彼を拘束しようとする。

しかし、その不規則で不気味な剣の挙動を前になかなか近づけない。

「仕方ない……ちょっと助けに行ってくる。あの浸食の進み具合なら、まだ魔剣を切り離せば元に戻るはず。ロッテはここにいてくれ」

「ん……気を付けてね、クルト」

「ああ」

そう言い、クルトはゆっくりと騒動の元へと近づいていく。

「え、あ、貴方は……」

「俺に任せて、下がってろ」

クルトがそう言い、戸惑っている仲間の冒険者や衛兵たちを下がらせた後。

魔剣持ちの少年を一瞥する。

「お前にはまだ……そいつは早すぎるな」

少年に向けてそう告げると同時。クルトの姿が消えた。

ほんの一瞬の隙をつき、魔剣持ちの少年の背後へ。

クルトはまったく動きに反応できない少年の背後から魔剣の束を握る。

すると、彼を取り込もうとするように魔剣の刀身がクルトに迫るが。

「………黙れ」

低い声で一言呟くと、魔剣が静止した。

紫色に輝いていた魔剣の光も消える。クルトが魔剣を完全に制御下に置いたのだ。

少年が気絶しゆっくりと地面倒れると、急いで駆け寄る彼の仲間たち。

まさに一瞬の出来事。自分の剣を抜くまでもなくあまりにも鮮やかな解決劇。

その光景を見て周囲の人々から大きな喝采があがった。

無事片付いたのを確認して、私はクルトの元へ。

「さすがね、クルト」

「まぁ、魔剣の位階もたいして高くなかったからな」

気取るでもなく、なんでもないことのように言う。

か、格好いいじゃないの……クルトの癖に。

さっき、じゃんけんで負けて悔しがっていた男とは最早別人であった。

「ご協力感謝します、とても助かりました」

「いい……偶々あの場に居合わせただけだから」

魔剣による騒動を収めたクルトに礼を言う兵士。

なにやら後ほど感謝状も贈られるらしい。

「あ、あの……本当にありがとうございました」

「ああ、アンタがいなきゃ、ヤトはどうなっていたか」

魔法使いの少女と盾持ちの少年もクルトの前に来て頭を下げる。

兵士たちが魔剣で腕を切られた被害者の男性と、気絶中の魔剣持ちの少年を連れて医務室へ連れていく。

「中で話を聞きたい。そこの二人はこの少年の知り合いみたいだが、どちらか付いていってもらえるか？　本人に聞こうにも意識がないからな」

「じゃあ……俺が」

事情聴取に協力するため、盾持ちの少年も一緒に付いていく。

兵士たちの姿が見えなくなったあと。

「正直、感謝状なんていいから早く入れて欲しかったんだけどな」

「そうね……はぁ」

面倒ごとに巻き込まれたと、ため息を吐く私たち。

「さて……時間もあるし、よければ話を聞かせてくれるかしら？」

「は、はい」

一人残った魔法使いの少女が私たちに向き直る。

同時に、肩まで伸びた彼女の茶髪がふわりと浮いた。

「えぇと、あの、私はイーシアと言います。お二人も冒険者……でしょうか？」

「ええ、そんな感じね。私はロッテ、こっちの彼の名前はクルト……」

「ロッテ？　クルト？　……その名前、どこかで聞いたような」

私たちの名前を聞いてイーシアが首を傾げる。

【紅蓮の牙】のメンバーは有名だ。

私はともかく、表立って活躍していた他の三人は特に。

「まぁ……うん、ありふれた名前だからね」

「それより話を聞かせてくれよ」

「あ、はい」

パーティを離脱した経緯もあり、今は説明が面倒だ。

私たちは適当に誤魔化して、話を進めることにする。

まぁ遅かれ早かれパーティを抜けたことは知られるだろうけどね。

自己紹介を続けるイーシア。彼女は【疾風】という三人組冒険者パーティの魔法使い。

なお、パーティのランクはE。

冒険者ランクは上からS、A、B、C、D、E、Fとなっている。

大体Cからベテランと呼ばれ、Eとなると下から二番目。

まだ彼らは冒険者を始めて半年も経っていない。

平均年齢も私たちより二、三低い感じだったしね。

若くしてAランクに上り詰めた【紅蓮の牙】を物差しにすると色々おかしくなるんだけど。

「Eランク……言っちゃ悪いが、そのランクでよく魔剣なんて入手できたな」

「ええ、本当に幸運だったと言いますか」

魔剣の性能はピンキリである。比較的入手しやすく複数確認されているものから、オンリーワンの一品まで。

その性能と希少性に応じて位階分けされている。

クルト曰く、先程の蜘蛛型の剣はランチュラという名で呼ばれている魔剣だそうだ。

位階も中の下で、ちょこちょこ発見されるため魔剣の中ではそこまで希少ではない。

ただ、それでも魔剣は魔剣だ。

発見されるのはかなり危険度の高いダンジョンとなる。

とてもEランクの冒険者が入手できるような代物ではない。

魔剣は時折オークションなどで出品されることもあり、十分なお金を用意できるなら、別ルートでも手に入るが、彼らの装備品を見るに資金面に余裕があるとは思えない。

「今から一ヶ月ほど前に、薄暮の迷宮で見つけまして」

「薄暮の迷宮ですって？」

「確か、俺たちも一度潜ったことあったよな」

「ええ……」

私たちがリムルに来たのは初めてではない。

リムルの南東にあるダンジョン、薄暮の迷宮にも過去に挑んだ経験がある。

あまり記憶に残るようなものはなかったけど。

内部にたいした罠もなく、強い魔物もいない。

ぶっちゃけて言えば初心者向けのダンジョンだった。

「ダンジョンについては解明されていない要素もまだまだ多い、そういったこともないとは言えないが……解せないな」

私もクルトと同じ意見だ。

低ランクのダンジョンに魔剣など聞いたこともない。

とはいえ、イーシアが嘘《うそ》をついているようには思えないし。

「ところで、あの切られた人はあなたたちの知り合い？」

「い、いえ、違います……」

完全に無関係の旅人で、運悪く魔剣の被害に遭ってしまったらしい。

「ですので、本当に申し訳ないことをしました」

しょぼんとしているイーシア。

「厳しいことを言うが、まだ彼には魔剣を扱う下地ができてない。精神的にも肉体的にもな。まずは普通の剣士として腕を磨いた方がいい、魔剣は便利で強力だが、その特性ゆえに自分の力を過信させてしまう。そういった驕《おご》りから生まれた心の隙に魔剣はつけ込む」
「は、はい……そう、伝えておきます」
経験者なのでクルトの言葉には説得力がある。
そんな感じでイーシアと話していると、ようやく入門手続きが始まった。
何度もクルトにお礼を言い彼女は去っていった。
最初は金銭的な形でお返しをという話だったが、できる時でいいとクルト言った。
これから彼女のパーティは罰金という形などで出費がかかる。
当分の間はお金の余裕もないだろうしね。

魔剣騒動

街に着いて三十分後。

アクシデントがあり、ようやく街に入ることができたが辺りはもう暗い。

「今日の宿は冒険者ギルドで直接斡旋《あっせん》してもらおうか？　今から宿を探すの面倒だし」

「その方がいいわね」

頼めば冒険者ギルドの方で空いてる宿を紹介してくれる。

少し料金は高くつくが、ギルド推薦の宿は安全面などが保証されており信頼できる。

従業員が盗みを働くといった心配もない。

「ついでに酒場で晩ご飯を食べよう……いい加減腹減った」

「そうね……いっぱい食べるわよ、クルトの奢りで」

「しっかり覚えてたか」

「勿論よ」

クルトが冗談交じりに呟く。賭けは賭けだからね。

でも、もしかすると彼は金欠気味の私を気遣って勝負を持ち掛けて、わざと負けてくれたのかもしれないわね。

いや……うん、さすがに考えすぎか。

あれが演技なら人を信じられなくなりそうだ。

「しかしまぁ……なんだな」

「なに？」

夜、街灯に照らされた石畳の街を歩きながら自嘲《じちょう》するように呟くクルト。

「さっき、魔剣を扱う下地がどうとかイーシアに偉そうに言ったけどさ。俺が言うのも可笑《おか》しな感じだなぁと思って」

実は過去、クルトも魔剣に浸食されかけたことがある。

その時のことを思い出したようだ。

「まぁ確かに少し説教臭かったけど、いいんじゃないの？　正直、あの場にクルトがいなければ、もっと乱暴な手段を取ることになってたわよ、たぶん」

それこそ最悪の場合は本人ごと、魔剣を処理するといった具合に。

それを考えれば説教の一つくらい甘んじて受けるべきだ。

魔剣持ちの彼は処罰を受けるだろう。

自分の意志ではなかったとしても周囲の人間を傷つけたのだから。

だけど被害者の傷も浅かったしまだ取り返しはつく。汚名は返上できる。

「寧《むし》ろ幸運だと思うわよ、暴走を止められる人間がいたんだから」

「俺の時、ロッテがいたように？」

「ああ、あれは酷かったわね」

今日の彼よりもクルトは酷かった。もう色んな意味で。

クルトの場合、ああいう直接的な暴れ方じゃなかったけども。

あの時は人格が変わっていたというか。

「『ふはははは！』とか、夜中に叫びだした時は何事かと思ったわよ」

「う、忘れたい黒歴史だ、本当に」

頭を抱えるクルト。

身体は思うように動かずとも、魔剣に支配されていた時のことはなんとなく覚えているらしい。

「まぁいいんじゃない、失敗があって今のクルトがあるんだから」

「そうだけどな」

二人で話していると、街の冒険者ギルドに到着した。

少し古びた石造りの三階建の建物。両開きの木製の扉をギギギと音を立てて開けると、中から活気のある声が聞こえてきた。

夜、仕事終わりの時間で中は賑《にぎ》わっているようだ。

酒場は席が殆ど埋まっており、慌ただしく給仕のウエイトレスたちが走り回っている。

「参ったな……これ座れるか？」

「く……もう少し早くここに来ていれば」

二人でその混雑具合に顔を顰《しか》めていると。

「ん？　もしかしてそこにいるのはクルトか？」

「お？」

「あら！」

奥のテーブルから聞こえてきた聞き覚えのある野太い声。

「お、ロッテの嬢ちゃんもいるじゃねえか！　おい、こっちだ、こっち！」

男が椅子から立ち上がる。

視界の先には頬に切り傷があり、スキンヘッドにした筋肉ムキムキの中年男性。

季節は冬に近い秋だというのに、上半身はタンクトップだけ。

私たちの姿を見て、彼が思いっきり手を振ってくる。

一度見たら忘れられない特徴的な容姿。

港街リムルの冒険者ギルド、そこのトップに立つギルドマスターのゴンザレスさん。

「ゴンザレスさん……久しぶりだ」

「相変わらず、元気一杯ですね」

「おう！　……お前らもな」

ガハハとゴンザレスさんが大きく笑った。

相変わらず元気はつらつである。五年ほど前に冒険者稼業を引退しているのだが、その肉体を見る限り現役の冒険者としても十分通じるだろう。

久しぶりの再会を喜ぶ私たち。

彼とは以前この街に来た時に縁ができた。

【紅蓮の牙】という括《くく》りではなく、私とクルトの個人的にではあるけど。

「娘さんのマナフィちゃんは元気ですか？」

「おう、元気だ……実は昨日が誕生日でな、今年で十歳になった」

強面《こわもて》顔が一変しでれっとした目に……親馬鹿な父親の顔を見せる。

彼の娘であるマナフィちゃんが深紅病という特殊な病にかかり、その薬を調合したのが私だ。

夜間に起きた緊急事態だったので大変だった。

特に素材集めを担当したクルトとゴンザレスさんは苦労していた。

「マナフィの今があるのもお前たちのおかげだ。本当に感謝しているぜ。あれからもう一年半か……」

「もうそんなに経ちますか、早いものです」

「そうだな。まだガキ臭かったクルトも大きくなったしな」

クルトの全身に視線を送るゴンザレスさん。

「はは……今なら、ゴンザレスさんと戦っても勝てるかもな」

「くはは、生意気な野郎だ。面白いこと言うようになったじゃねえか」

酒場に豪快な笑い声が響く。

「ったく、立派な背中になってよ」

「ちょっ、痛い、痛いっての……力強え」

「そうか、そうか」

ゴンザレスさんがバンバンとクルトの背中を叩く。

「だがな……俺はもっと痛かった」

どういうこと？　なんなの、突然神妙な顔をして。

「な、何かあったんですか？」

「あ？　いや……え～と、なんだっけな？」

おい、なんだそれは……。

「か、勘弁してくれよ」

「あのぉ、意味なく空気をぶった切るのやめてもらってもいいですかね」

「……おう、あ～」

二人で彼に批難する視線を送っていると。

ぷ～ん、と……ここまで漂ってくる強い酒の匂い。

「うわ、滅茶苦茶酒臭ぇ……」

顔を顰めるクルト、あ、これ……相当酔っぱらっているわね。

ゴンザレスさんが頼んだ料理の並ぶテーブルには、アルコール度数の高い火酒の空き瓶が乱雑に散らかっている。結構な感じでできあがっているようだ。

「いや……だが待て、え～っと、なんだっけな、確かにお前らに言うことがあった気がするんだ。しかも、すげえ大事なことだったはず」

「「……」」

「そうだ！　思い出したぜ！　ついさっき、ルルブ支部から緊急便が届いたんだ！　何事かと思って中の手紙を見てみたら……お前らのことだったんだ！」

新進気鋭のAランクパーティの分離。

ギルドとしても結構な大事件だったようで、すでに各支部の方に通達されているらしい。

「詳しく経緯を聞かせろ」

絶対に逃がさないといった様子で、立ち上がって私たちの肩をがっしりと掴む。

ゴンザレスさんは悪い人じゃないんだけど、強引だから適当に誤魔化すことはできなそうだ。

「……と、立ったままで話するってのもなんだな」

「いや、でも今満席ですよ」

「心配すんな。俺はここのギルドマスターだぞ。今予備の椅子貰ってきてやるから、ちょっと待ってろ」

そう言って、私たちの元を離れるゴンザレスさん。

ちょっと足取りがフラフラしていて危なっかしいけど。

ギルドにある予備の椅子を取りに行ってくれ……。

「あ～めんどくせえ……いっか、もうこれで」

「ぐおっ！」

「うげっ！」

重なる二人の男の呻《うめ》き声。

ゴンザレスさんが食事中の二人組冒険者の椅子を引っこ抜いた。

落下して、強く腰を打った男たち。

「ふざけんな、何しやがる！」

「思いっきり腰打ったじゃねえか！」

「ふん、常に戦場を想定してないからこうなる」

あ、あんなの誰だって防げないでしょ。

酔っているせいなのか、言ってることがもう滅茶苦茶である。

「ぎ、ギルドマスターがこんなことしていいのかよ！」

「男だろ？　文句があるならグダグダ喋《しゃべ》るんじゃなく、力を示せ。来いよ、相手になるぜ」

「こ、こんのやらあああああっ！」」

それでいいのか、ギルドマスター。

冒険者同士で喧嘩は日常茶飯事。

まぁ型に嵌らない冒険者らしいけど、あまりにフリーダムすぎる。

あっさりと喧嘩に負け、椅子を奪われた二人。

強奪した椅子を私たちに提供するゴンザレスさん。

「ほれ、座れ」

「「……」」

なんか二人がこっち凄い睨んでいるんですけど。

わ、悪いのは私たちじゃないからね。恨まないでね。

ゴンザレスさんが親切に用意（？）してくれた椅子に座り、【紅蓮の牙】を抜けた経緯を説明する。

一通りの話を終えると。

「な、なんだそりゃ、薬代がかかるからロッテの嬢ちゃんを追放？」

「ええ、そんな感じです」

「嘘だろ？　確かに薬師は中堅以上の冒険者となると役割は弱くなる側面があるが、それはあくまで一般論で……嬢ちゃんに限って言えば」

苦虫を噛み潰した顔のゴンザレスさん。

「馬鹿どもが、自分たちが何をしたのか理解してねえのか？」

「ははは……わかってないから、馬鹿なんだよ」

ふ、二人ともちょっと顔が怖いよ。

クルトも笑ってるけど、目が全然笑っていない。

「今回、【紅蓮の牙】に新規加入した聖女のメアリーは、教会でも有数の回復魔法の使い手として有名な存在らしいが……」

「アーノルドに、裏から教会の推薦でもあったのかな？」

「可能性は十分ありそうだ」

クルトの問いに頷くゴンザレスさん。

将来有望な冒険者パーティ【紅蓮の牙】への新規加入。もしこのまま昇進してSランクパーティとなり、教会に所属する聖女をねじ込めたなら、向こうとしても相当な箔《はく》がつく。

パーティ編成的にうちはかなり特殊だ。

嬉しいことに、ゴンザレスさんとクルトは私の腕を認めてくれている。

だけど、世間一般での薬師の評価は聖女よりも圧倒的に低い。

推測通りなら、そういった面でもウチは狙い目で交渉しやすく、都合がよかったのだろう。

「ふん……考えが甘すぎる、温室育ちの聖女が実戦でいきなり役に立つわけねぇんだ。あいつ等が挑むのは初心者ダンジョンじゃねえんだぞ」

治癒能力だけ優秀でも、それだけで冒険者は務まらない。

ぶっちゃけていえば、フィールドワークを、冒険者を舐めている。

熱波の充満する火山、凍《い》てつく風の吹きすさぶ雪原。

ランクが高ければ、それに応じて活動環境も厳しいものとなる。

温室育ちの聖女が急についていけるわけがない。

「ま、そのうち思い知るよ、どっちが正しかったのか」

「だろうな……否応《いやおう》でも。俺はアーノルドとアンツには余り面識がないが、ここまで愚かだったとは……いやだが、そんなパーティにAランクを与えたのも俺たち《ギルド》か」

なんとも言えない顔になるゴンザレスさん。【紅蓮の牙】はパーティとしての実績は申し分ないが……。

「パーティランクは総合点でのランク評価だからな……こういうことも起こり得るか。ところで、嬢ちゃんは今回のことはどう思ってんだ」

「え？　わたしですか」

「おお、今回の一番の被害者はお前さんだからな」

突然聞かれて考える。思い浮かぶのはつい先日の出来事。

「うん、まだ思い出すとイラッとします」

「そうか……まぁ、当然だろうよ」

「でも……もういいです」

勿論許したわけじゃない。

だけどもう、彼らのために時間を割くのは勿体ない。

「あれだけはっきり言われれば未練もなんて微塵《みじん》もないし、今後、あの二人がどう動こうが私は一切関知しないつもりです。束縛が消えて自由になったと思って、これからは好き放題やってやるつもりです」

「はは……それで、いいと思うぜ」

「幸い、クルトがいてくれたから、気持ちの切り替えは早くできました」

「え……俺？」

突然話を振られて戸惑うクルト。

「パーティを抜けてまで、追ってきくれて本当に嬉しかった……私にも頼れる味方がちゃんといたんだなって」

「……ロッテ」

「クルトのおかげで……傷が広がらないで済んだんだから」

じっとクルトの目を見つめる。

「…………ったく、不意打ちは勘弁してくれよ」

「くく……」

照れた表情を隠すように、顔を手で覆うクルト。

なんかニヤニヤと笑って、ゴンザレスさんがこっちを見ていた。

「だが嬢ちゃん、気をつけろよ。それ傷心の女を落とす時の男の常套手段と一緒だからな」

「お、おいっ！　ふざけんな……なんてこと言いやがるんだ、この筋肉ダルマ……ロッテ！　違うからな、俺は本当に」

「あははは……大丈夫、わかってるわよ」

「……ったく」

慌てて手をぶんぶんと振るクルト。

「ま、うじうじ悩んでいる奴よりも、俺は好きだぜ……女なら、もう少し可愛《かわい》げがあってもいいとは思うがな」

「こういう性分ですから」

酒場に三人の笑い声が響き渡る。

お酒を飲みながら雑談する私たち。

「で……これから先どうすんだ、お前ら？」

「風の向くまま……といったところでしょうか」

パーティを離脱した私たちが今後どうするか、ゴンザレスさんが聞いてくる。

気取った言い方をしたけど、完全にノープランである。

「もう、いっそ方向転換して薬屋でも開いてみたら？」

「いや、薬屋は開業免許持ってなきゃ無理だぞ」

「そっか……まぁ命に関係する専門職だから当然か」

「大丈夫よ、資格持ってるから」

「まじかよ」

「い、いつの間にそんなことしてたんだ？」

二人が興味深げに私の方を見る。

「半年くらい前かな。ムーの街に滞在してる時、特一級薬師の試験があったから試しに受けたら、なんかいけたわ」

「はあぁ？」

ゴンザレスさんがあんぐりと口を開く。

「と、特一級って……あれ、片手間で取れるような難易度じゃねぇはずだろ」

「合格率一パーセントとかだったかな。まぁでも、中には殆ど勉強しないで受けている者もいるから、例えば上司から受けろ受けろと急かされて……」

「た、確かにそういう奴もいるが、だからって」

資格のために時間取って勉強したわけじゃないんですけどね。

道中に積み重ねた知識で、気づいたら大体の試験範囲をカバーしていた。

で、いい機会だし受けてみたら合格した。

資格をとることで、結構メリットもあったしね。特一級薬師を持っていると特典がつく。

作成した薬を薬師ギルドに持ち込んだ時、高く買い取ってくれたり、あとは希少な素材を優先して回してくれたりと。

「あの……ロッテの嬢ちゃん、もしかして、本気で冒険者を引退するつもりだったり？　ギルドとしても俺としてもロッテの嬢ちゃんには現役でいて欲しいんだが」

「というか、そっちの方が余裕で暮らせそうだよな」

「い、いや！　嬢ちゃんの魂はそんな平穏な生き方望んでいないはずだ。俺にはわかるんだ」

「な、何勝手に決めてるんですか？」

まぁそれはともかく。

「自分のお店かぁ……」

ちょっと想像してみる……うん、悪くないわね。

憧れている部分もなきにしもあらず。

「だけど、そもそもお店開くお金がないしね」

「貸そうか？　……無利子無期限で」

「やめとく、仲間内で金銭関係持ち込むと碌《ろく》なことがないからね」

「じゃあ、あげようか？」

「や、やめろ……悪魔の囁きは」

今割と本気で金欠なんだから、クルトの甘い誘惑に乗りそうになる。

実際悪い提案じゃない。趣味と実益を兼ねているし。

私は接客が好きじゃないけど、まぁその辺は誰か雇えばいい話。

ただ本格的に始めるとなると、土地関係の準備諸々それなりに時間もかかる。

仕事が軌道にのり収入が入るまで時間もかかる。

「そもそも私、当分の生活費すら殆どないから、まずは他の仕事で稼がないと。クルトはどうするの？」

「俺は差し迫る仕事もない。ぶっちゃけ暇だから、何か協力できることがあれば言ってくれ」

「いいの？」

「勿論だ……というか、すいません。本当に色々裏でやってくれてたのに気づかなくて」

「もう、そんなに気にしなくていいのに」

経費面でパーティの一助になればと、取得した資格だったけれど。

そもそも薬を大量に使用していたのはクルトではなく、アーノルドとアンツだった。

「でも……助かるわ、頼りにさせてもらうわね」

「ああ、いつでも声を掛けてくれ」

とりあえず、地道に薬を作って売ろうかな。

薬を作るには素材が当然必要。素材によっては切り立つ崖の上にしか咲かない花とか、危険な場所にあり、私一人ではどうしようもないものもある。

その時はクルトの好意に甘えさせてもらおう。

「……ふむ」

「ゴンザレスさん？」

会話を聞いて何かを思いついた様子のゴンザレスさん。

ここまでの私たちの話を聞き、ゆっくりと口を開く。

「ロッテの嬢ちゃん。時間があるなら、ちょっと変わったギルドの仕事を受けてみないか？」

「何か特殊素材の採取依頼とかですか？」

「ああ、悪ぃ……そういう意味じゃなくてな。いや……話の流れだとそうなるか、俺の言い方が悪かったな」

発言の意図がよくわからない。

ごほんと咳《せき》払いをするゴンザレスさん。

「ギルドの雇いで、臨時講師やってみる気はないか？」

「ギ、ギルドで講師？」

ゴンザレスさんの予想外の提案。

「……え？　わ、私がですか？」

「そうだ。実は最近、駆け出し冒険者たちの事故が多くてな」

自分の能力以上を持つ魔物への挑戦。ダンジョン内部での遭難事故。

その原因は様々ではあるが……。

「実際は事前に知っていれば防げた内容が多い。ギルドの方で時折、無料講習会を開いたりしているんだが……」

その顔を見るに、どうにも上手くいっていないらしい。

「で、今度開く講習会で嬢ちゃんに、役に立ちそうなノウハウを、彼らに伝えて欲しいんだ」

「は、はぁ……」

いや、そんなことをいきなり言われてもね。

「そもそも、なんでクルトでなく、私？」

「こいつは天才の部類だからな、ま〜〜ったく参考にならねえ」

「ああ……うん」

今、すっごい伸ばしたね。

「なぁ、俺は褒められてるのか？　貶《けな》されてるのか？」

「こいつには凡人の気持ちがわからねえ、未来が見えるぜ『なぁ。なんでできないんだ？』と悪意なく聞いてルーキーたちを傷つける未来がな」

「なるほど……俺は貶されているんだな、そうなんだな」

「ま、まぁまぁ……」

でも実際、すべてを否定はできない。

パーティ結成時は普通の少年剣士といった印象だったけど。

クルトの成長速度は【紅蓮の牙】の誰よりも早く、めきめき強くなっていった。

彼が低ランクのモンスター相手に苦戦してるところを殆ど見たことがない。

「その点で言えば、嬢ちゃんも別軸で天才肌だが合理性も併せ持ってる」

「お……おぉ、ゴンザレスさんの評価、本当に高いですね、私」

ちょっと照れる。

これまでがこれまでだったから、ストレートに褒められるのは慣れていなかったり。

「ま、世間の評価はともかく俺は実際に腕を知っているからな」

「その、あまり期待されても、私のできることなんて知れてますよ」

「薬師でありながら【紅蓮の牙】を裏から支えてきた嬢ちゃんだ。その知識の広さはお前さんの一番の武器だ。俺やクルトは剣の振り方を教えることはできるが、根本的に大事な部分は伝えられねぇと思う」

「ゴンザレスさん……わかりました」

そこまで言ってくれるなら、挑戦してみようかな。

まぁ臨時講師だし、あんまり堅く考えなくてもいいそうなので。

「じゃあ、せっかくだし頑張ってみます」

「おお、受けてくれるか！」

「ええ、でも……あまり過度な期待はしないでくださいよ」

「心配はしてねえさ。強いて言えば嬢ちゃんは字が汚ぇから、板書する時不安なことぐらいか」

「よ、読めればいいんですよ！　読めればね」

「いいけどよ、せめて重要書類はきっちり書こうぜ」

パーティ離脱書の私の殴り書きサインのことを言っているらしい。

あれは私の怒りが込められていたからね、仕方ない。

「よし、そんじゃ話も決まったし、今日はとことん飲むぞ！　お前ら」

貴方、すでにもうだいぶ飲んでいますけどね。

「そういえばゴンザレスさん」

「なんだ？」

「ちょっと前に、薄暮の迷宮で魔剣が出たそうですけど……知ってました？」

「な、なに？　あそこは初心者迷宮みたいなとこだぞ」

目を大きく開くゴンザレスさん。

夕方の魔剣騒動をゴンザレスさんに伝えるが、知らなかったらしい。

「ったく、魔剣なんざルーキーの持つもんじゃねえのにな。あんなのは成長の妨げにしかならねえよ」

クルトと同じことを言うゴンザレスさん。

魔剣を含め強力な武器は考えることを奪う。

単純な力押しでの攻略は人を成長させないと語る。

「しかし気になるな、そのパーティを呼んで事情を聴いてみるか。あのダンジョンの中で何か異変が起きている可能性もあるし、少し調べさせてみよう」

「ええ、その方がいいかと思います」

私たちは食事しながら雑談を楽しむ。

「お～い、ルシル！……黒フグの刺身を頼む」

「ごめんなさい、ゴンザレスさん……今日は黒フグ出せないんですよ」

申し訳なさそうな顔のウエイトレスさん。

頭を下げると、ポニーテールの茶髪がパサリと落ちた。

ルシルというのはギルドの従業員である彼女の名前だ。

「なんだ？　在庫切らしてんのか？」

「いえ、そうではなく、今日料理長が風邪引いてお休みなので、調理できないんですよ」

「あ～特殊調理食材だかんな、仕方ねえか」

「フグなら私解体できますよ、やりましょうか？」

「……なんで、できんだよ」

クルトとゴンザレスさんの声がはもった。

「毒関係の生物の扱いはかなり勉強しましたから……」

黒フグはその中でも有名だしね。料理の腕は普通だろうけど解体はできる。

作業するために厨房へ。

せっかくだし見てみたいとついてきたゴンザレスさん。

黒フグから毒袋を手際よく取り除く。

「ふわぁ、みるみるうちに……す、凄い」

「コツを掴めば難しくないですよ。毒を意識しすぎると緊張しますが、実際は手で触れても、体内にさえ入れなければ問題ありません」

「す、凄いんですね、薬師の方って」

「いやルシル、嬢ちゃんを基準にするなよ」

ルシルさんの感嘆の声。

「あ、あの、じゃあもしかして、鋼鉄マグロを解体できますか？」

「じゃあ、じゃねえ……できるわけ」

「できますよ、薬師ですから……」

「おい……なんでもかんでも薬師で片付くと思うなよ」

なんで、ゴンザレスさんがキレてんのよ？

「鋼鉄マグロは筋肉の流れを正確に読めれば、切断は難しくないよ」

「助かります、実はこちらも在庫が心許なくて、料理長が明日来れるとは限りませんから……できれば後で」

「わかりました」

ゴンザレスさんも後で講師代にちょっと上乗せしてくれると言ったので、引き受けた。

作業を終えて席へと戻る。

盛り付けを終えた黒フグの刺身をルシルさんが運んでくる。

「あ……そうだ。肝心なことを聞き忘れてたんですが、私が担当する次の講習日はいつなんですか？」

「明日だ」

「あ、あしたぁ？　嘘でしょ」

「心配するな、明日の午後からだから」

たいして変わらないってば。い、いくらなんでも急すぎる。

「お前ら今日はここに泊まってけ、まだ宿も取ってねえんだろ？　仮眠室空いてるし、使っていいからよ」

うん……もういいや。

講義で失敗しても、突然仕事振ってきたゴンザレスさんが悪いと割り切ることにする。

「準備時間も殆どないし、もう好き放題やりますからね、文句は言わないでくださいね」

「おう、それでいい。肩ひじ張らずにロッテの嬢ちゃんが大事だと思った内容を話してくれればな」

実体験に勝る情報はない。それには私も同意。

一応明日、これまで使っていた資料などは見せてくれるそうだが、内容については基本的には私に一任する形。

少し不安を抱きながらも、ギルドに泊まり朝を迎えた。

ロッテ、講師になる

昨夜ゴンザレスさんとクルトと飲んで、起きた時には十一時半を回っていた。

【紅蓮の牙】を抜けてから私の生活リズムが一気に狂いだしている、気を付けないと。

身支度を済ませて、ギルド従業員専用の仮眠室（女性用）を出て食堂に向かう。

「おはよう、ロッテ」

「ん、おはよクルト」

もう、おはようって時間でもないけどね。

どうやらクルトも今起きたところらしい。席につき料理を注文する。

夜は酒場メインだが、朝と昼も普通に食事を提供してくれている。

基本は二十四時間営業なのでありがたい。

「うぅ……まだちょっと眠い」

「俺もだ、昨日は遅くまで飲んでいたからな」

朝と昼を兼ねた食事をとる。メニューはスクランブルエッグとパンと野菜サラダ。

クルトと二人で食べていると。

「おう！　二人とも」

元気一杯な様子のゴンザレスさん。昨日飲んだ影響など微塵も感じられない。

私たちの何倍も飲んでいるはずなのに、お酒強すぎ。

「嬢ちゃん、昨日話した資料を持って来たぜ……よければ参考にしてくれ」

「あ、ありがとうございます」

そういって何枚かの紙を私に手渡す。

「で、クルト……できたらお前さんにも別件で頼みたいことがあるんだが」

「な、なんだよ？」

「そんな警戒しなくても、おかしなことは頼まねえよ」

ゴンザレスさんにそう言われ、食後、連れ去られていくクルト。

講習開始は午後一時から、まだ少し時間がある。

せっかくだし、ざっと渡された紙を見ておこう。

紅茶を飲みつつ資料を読んだり、何を話すか適当に考えていると。

「あ、あの、こんにちはロッテさん」

「あら」

聞き覚えのある声がした。

話しかけてきたのはセミロングの茶髪の魔法使い少女。

昨日知り合った魔剣使いのパーティ【疾風】のメンバーの一人だ。

「えぇと、イーシア、だったわよね？」

「はい……昨日はありがとうございました」

「いいのよ、というかそもそも、助けたのはクルトだしね」

「クルトさんには先程、ギルドマスターの執務室でお会いしましたので……」

そういえば昨日ゴンザレスさんが言ってたわね。

事情聴取で彼らを呼び出すって。

「で、魔剣使いの彼は大丈夫？」

「はい、おかげさまでヤトは元気です。今、シルドと一緒にゴンザレスさんに、外の訓練場でこってり絞られていますよ」

「あはは」

それは災難というかなんというか。まぁ自業自得ではあるけども……。

なお、シルドというのは彼の仲間の盾持ちの少年の名前だ。

「だけど、ヤトの魔剣に頼っていた私たちにも責任がないとは言えません」

「そう……ね」

神妙な顔になるイーシア。

実際、仲間である彼女がヤトの状態をしっかりと見極められたなら、昨日のような事態は起きなかったかもしれない。

「ヤトに暴走の前兆はなかったの？」

「魔剣の使用後、ヤトの身体が小刻みに震えていました。普段は数十秒程度で収まるのですが、昨日は何度も震えが起きて……」

「そう」

記憶にあるヤトの様子を思い出すイーシア。

「正直、これまでが大丈夫だったからと、楽観的に考えていたのかもしれません」

「慣れっていうのは恐ろしいものよね」

戦闘においてもそうだが、積み重ねた成功体験や経験値は時折思考を放棄させてしまう。

「分不相応な魔剣を使用すれば精神が不安定になる。いつ衝動が止められなくなるかなんてわからない。それは魔剣の使用直後かもしれないし、夜中に時間差でやってくるかもしれない」

「…………」

「そして何が意識の歯止めを決壊させる切っ掛けとなるかもわからない。例えば昨日なら、入街の手続きで長時間列で待たされたことで、ヤトの精神が怒りに染まり……といった具合で」

「き、切っ掛けが小さすぎる気もしますが」

「考えが甘いわよ。見方を変えれば、魔剣に精神が浸食されることで、そこまで善悪の線引きが消えかかっていたということなんだからね」

「な、なるほど、あの……ロッテさん」

「なに?」

ギュッと強く拳を握るイーシア。

「えと、私よりもずっと魔剣にお詳しいようですし、もしよければ魔剣のことを私に教えていただけませんか?　二度とこんな事態が起きないようにするためにも」

「勿論いいわよ、私の知ってる範囲でよければね」

この後の講習のことも忘れて、魔剣について話し続ける私。

「お話ありがとうございます。とても参考になりました」

「そ、ちょっとでも役に立てたならよかったわ」

頭を下げてお礼を言うイーシア、礼儀正しい少女だ。

「ところであの……さっきから気になっていたんですが、それは？」

「それ？　……はっ！」

テーブルの上に置かれた資料を見て、イーシアが呟く。

やばい、殆ど準備ができていない。

「もしかしてそれ、午後の講習会の資料ですか？」

「うん、そう……実は私が講師を担当することになっちゃってね」

「ロッテさんが……ですか？　実はその講義、私たちも参加するんですよ。ギルマスにお前たちは強制参加だと言われまして、他にも私たちみたいなパーティが何組かいるみたいですよ」

「そうなんだ」

「ご、ごめんなさい、私が話しかけたせいで、時間が……」

「いいのよ、気にしなくて」

熱中して気づかなかった私が間抜けなだけだし。

仕方ない、もうぶっつけ本番でいく。

好き放題やるとは言ったけど、本当に出たとこ勝負なるとはね。

「だ、大丈夫ですよ。ロッテさんの言葉って不思議と凄く説得力がありますし……その、講義を楽しみにしています」

「ありがと……ま、できる範囲で頑張るわ」

そんな感じでイーシアと話していると。

「クルトさん！　頼むぜクルトさん」

「あ、暑苦しい」

ギルドの入口から大きな声が聞こえてきた。

そこにはクルトと魔剣持ちの少年ヤト……な、何事？

何故かヤトがクルトの腕を強く引っ張っており、クルトはつき纏われて嫌そうな顔だ。

一応、背後には存在感薄いが、酷く疲れた顔の盾持ちの少年シルドもいた。

「クルトさんの剣の腕に惚《ほ》れたっ！　お願いだから、俺を弟子にしてくれ！」

「嫌だっつってんだろ！　ええい、離れろ！」

腕にしがみつく手を振りほどこうとするクルト。

「ち、ちょっとヤト！　クルトさん困っているじゃない！」

その様子を見てイーシアが止めに入る。

そのまま三人は一足先に講義室へと入っていった。

「はぁ……ったく」

疲れた顔でこちらに歩いてくるクルト。

「……なんか、大変だったみたいね」

「ゴンザレスさんに頼まれてな。同じ剣士としてヤトを訓練場で扱《しご》いて欲しいって……そしたら、あんな感じに」

「ああ」

さっき頼まれた用件はそれだったのか。

「で、そっちはどうなんだ？　行けそう？」

「……ふふふ」

「なにその、諦めの混じった笑い……大丈夫なのか？」

「まぁ、なんとかするわよ」

そんなことをしていると講義開始五分前に、ゴンザレスさんが私を呼びにきた。


講義開始の五分前。

講習を受けるため、ギルドの二階の一室に集まった冒険者たち。

開始時間も迫り、すでに四十ほどある席の八割は埋まっている。

その顔触れは二十歳に満たない者が殆どで、総じて若く冒険者登録して一年未満の駆け出しの者が多い。

「くそ、かったるいなぁ」

「どうして、私たちが……」

ぐらぐらと椅子を揺らし、不満を呟きながら時間を潰している冒険者たち。

「ん？　そこにいるのは【竜の息吹】のリーダー、アジャスじゃないか」

「お前は……【赤の塔】のライアス」

「珍しいこともあるもんだ、お前らも受講しにきたのか？」

顔見知りらしき、二組のパーティのリーダーが部屋で顔を合わせる。

「いや、俺たちは朝来て依頼を受けようとしたら……ギルマスに止められて、かなり強引に」

「あ？　お前らもか……」

「お前らも？　……てことは【赤の塔】も」

「ああ、考えている通りだ」

彼らはゴンザレスにより半ば強制的に招集を受けたパーティだ。

「ちっ、なんでこんな意味もねえ講習を受けなきゃ行けねえんだ。依頼達成率八割超えの俺たちがよ」

「そりゃびびって安全な依頼にしか手を出してないからだろ？」

「あ？　無謀と勇気をはき違えて、失敗ばかりしてるパーティよりましだろ」

「は、言ってくれるじゃねえか」

呼ばれた理由は、普段の経歴や言動などから受けるべきだと判断されたからなのだが、彼らは理解していない。

そんな中に混じってEランクパーティ【疾風】もいた。

魔剣使いのヤト、魔法使いのイーシア、盾持ちの少年シルドの順に席に並ぶ。

「く……口の悪い人たちが結構いるね」

「気にすんなイーシア」

「シルド？」

「あの程度はよくある冒険者同士の駆け引きだ。ま、ちょっと貴族の社交界の場が汚くなったものだと思えばいい」

「その表現、どうなの？」

「俺はああいうの、わかりやすくて嫌いじゃないけどな。そんなことより……体がまだ痛ぇ、くそぅ」

「だ、大丈夫？」

「俺も相手はクルトさんがよかった。あの禿頭、手加減を知らねえ」

「まぁまぁ、元Aランク冒険者に稽古をつけてもらえる機会なんてそうそうないと思えば……」

「そうだな……そう思って諦めることにしよう」

訓練場の扱きで疲労困憊《こんぱい》となり机に顔を伏せるシルド。

イーシアがシルドを心配そうに見ていると。

「へへ……おい、聞いたぞ【疾風】のヤト」

「ん？」

ぼ～っと窓の外を見ていたヤトに【赤の塔】のメンバーが近づき話しかける。

にやにやと、馬鹿にするような笑みを浮かべて……。

「お前、昨日、とんでもない失敗やらかしたらしいな」

「…………ああ」

余談だが、新人たちが会話文の中でやたらとパーティ名を名前の頭に付け加えるのはルーキーあるあるで、ちょっとでも知名度を上げるための努力（？）である。

「魔剣で自我を失くして商人を切るとか、情けねえ」

「…………」

「運だけで成功してきたやつはお前みてぇになるんだ。やっぱ上のランクには本物しかいけねぇってことだな、ははは」

「本物……か」

挑発に対し、小さく呟き物思いにふけるヤト。

「な、なんだよ……急に黙って、どうした？　なんか言い返してみろよ」

「別に、なんとでも言えばいいだろ」

「ち、腰抜け野郎がよ、これだけ言われて悔しくねえのか？」

「全部事実だからな」

そう言って文句を二、三いったあと、つまらなそうに男は去っていった。

「ね、ねぇヤト……」

「なんだよ、イーシア？」

そのやりとりを見て不思議に思ったイーシアがヤトに話しかける。

「ヤト、ちょっと変わった？」

「変なこと言うな、なんだよそれ……俺は俺だぞ」

「だよね……でも、ちょっと前のヤトなら、挑発に乗って喧嘩になっていた気がする」

「……ああ、そう……かもな」

ヤトの雰囲気は確かに昨日まで違っていた。

どこか冷静というか、落着きが加わったというか。

まぁ、少し前に滅茶苦茶クルトにしつこく絡んでいたのだが。

「本当にすげえ人を……俺は知っちまったからな」

イーシアの言葉に、少し考えてヤトが答える。

「そして同時に自分の小ささを知った。強がって、自分をよく見せようと見栄を張るのが急に虚しくなった」

「……………」

「今日俺は、訓練場で一撃すらあの人に当てられなかった。完全に遊ばれていた、記憶の中にあるあの人の力の半分も引き出すことができなかった、悔しいぜ」

魔剣に支配されていた時の記憶。

その時のクルトのとんでもない動きは、彼の脳裏に残っているらしい。

「今回の件は俺の己惚《うぬぼ》れを吹き飛ばしてくれた。悔しかったけど、自分の現在地点がはっきりわかった。目指すべき目標が、憧れができた……やる気も出るってもんだぜ」

「そっか」

「と、その前に罰金分を頑張って稼がないといけねぇんだけど、ごめんな。イーシアとシルドにも迷惑かけちまったな」

「いいよ、私たちは仲間なんだからね……私もヤトに任せっきりにして、ごめん」

「イーシア」

傷つけてしまった男性には申し訳ない。

けれど、今回のことはパーティにとっては自分たちを見つめ直すいい機会だったのかもしれないと、イーシアは思った。

「今の俺はやる気に満ちている、講義なんて無視してここで剣の素振りしてえ気分だ」

「そんなことやっちゃ駄目だよ？　それに、私たちに教えてくれるのはあのクルトさんの仲間の女性だよ」

「そうなのか？　じゃあ楽しみだな。あの人とパーティ組んでた人なら、きっとすげえ人なんだろうな」

「もう……ヤトは現金なんだから」

ヤトの様子を見てイーシアが苦笑する。

そうやって二人が話していると部屋の扉が開く、講義開始の時間となった。


見学に付いて来たゴンザレスさんとクルトと共に、若干緊張しながら講義室に入る。

そのまま部屋の教壇に立つ私。

集められた四十人近い新人冒険者たちの注目を浴び、ちょっとだけ緊張している。

「え、えぇと、どうも……本日の講師役を務めさせていただきます、薬師のロッテです」

「わ〜〜」

「おぉ〜」

「「「……」」」

その反応は様々だ。

顔見知りのイーシアたちのパーティは、ぱちぱちと手を叩いて好意的だけど。

他のパーティは見るからに不機嫌そうな顔。

手持ちのペンをくるくる回してやる気のない人もいる。

「ふぁ〜……っく」

「おいおい、随分気の抜けている奴がいるようだなぁ」

そんな様子を見てゴンザレスさんが口を開く。

欠伸が出そうになった口を慌てて抑えている少年。

「てめえら……ちゃんと集中しろよ」

「「「「……っ」」」」

ゴンザレスさんの迫力ある低音ボイス、皆が慌てて私の方を向く。

「今、お前たちの前に立つロッテは冒険者だが、超一流の薬師でもある。その腕を見込んでわざわざ俺が頼み込んだんだ。きっと今のてめえらに足りないもの教えてくれるはず。一言一句聞き逃さず、その身に刻みこんで帰るようにな」

ゴンザレスさんがじろりと睨むと、ピンと背を伸ばすルーキーたち。

さすがに顔には出てないけど、渋々といった雰囲気がヒシヒシと伝わってくる。

「さあ刮目《かつもく》しろ、伝説の始まりとなる講義をな」

お願いだから無駄にハードル上げないで。

うん、あれだね。間違いなく私、一部を除いて好意的には捉えられてない。

来る前からそんな気はしたけどね。

ここにいるのは何かしら問題があるとゴンザレスさんが判断し、強引に嫌々ながら参加させられることになったパーティだ。

「さ、始めてくれ嬢ちゃん」

教壇横で監視するように。腕を組んで立つゴンザレスさん。

これは……よくない、やり方を変えるか。

「あ、あの……ゴンザレスさん、ちょっと」

「なんだ？」

「そんなところで威圧してたら、これから二時間も集中なんてできませんよ。部屋に戻っていてください。ゴンザレスさんが怖いから学ぶっていうんじゃ……彼らにとっても意味がないでしょ」

「い、いや、そうかもだが……俺もロッテの嬢ちゃんの授業を見たいんだが」

「やり方は私に一任する約束だったでしょう？　きちんと後で内容を報告しますから」

「わ、わかった、わかったよ」

ぐいぐいと、やや強引にゴンザレスさんの背中を押す。

私が強く言うと、渋々ギルド長室に戻っていくゴンザレスさん。

（よっし……向こうに行ったわね）

ゴンザレスさんが去り、部屋に漂う空気が緩和する。

部屋からふぅと安堵の息が聞こえてくる。

「さて……と」

緊張が解けた冒険者たちに向き直る。

「ねぇ、眠い？」

「ん？　お、あ、ああ……」

先ほど欠伸しかけた少年に話しかける。

会話を振られると思わなかったのか吃驚した様子、少しバツの悪そうな顔だ。

「まぁお昼ご飯食べたあとだから、眠くなるのはしょうがないわよ。人間の体はそういう風にできているからね」

「え、あ、うん……おお」

まさかの肯定的な意見に、少年の顔に困惑が伺える。

「さて、他にも眠いとか、だるいとか、ぼーっとしてやる気の出ない人いる？」

周囲を見回す参加者たち。私の問いに、どう答えればいいか戸惑っているようだ。

「ゴンザレスさんにチクったりしないし、正直に言ってくれていいよ。頭の働かない状態でこのまま無理矢理話を進めても意味ないから……てか、正直言って私も眠いんだよね」

「お、教える側の人間がそんなんでいいのか？」

「知らないわよ、私だって人間なんだもの……眠いものは眠いの」

苦笑いする欠伸少年。

「大体ね、私昨日、朝まで飲んでたのよ。この仕事だって頼まれたのも昨日の夜中よ。ゴンザレスさん褒めてくれたし、調子に乗ってお金も欲しかったからこの仕事受けたけどさ、もうちょっと余裕持って言って欲しかったわよ」

「あはははは」

「なんだそりゃ……そっちもギルマスに巻き込まれたのか」

「ええ、困ったものよ、本当に」

はぁ……とため息を吐くとそれに賛同する彼ら。陰口がいいものとは思わないけど、これぐらいはいいでしょう。ていうか……うん、本心だし。

「な、なんかアンタ、講師らしくないな」

「そりゃまぁ、教壇に立つのも初めてだしね」

無駄に堅苦しいのは好きじゃない。ゴンザレスさんはああ言ったけど、実際講師というには私は若すぎる。殆ど自分たちと同年代の女に教わるというのは嫌だという人もいるだろう。

彼らだって馬鹿じゃない。経験ないのに格好つけて教師ぶったって意味がない。

それならまだ、素で話をした方が彼らも聞いてくれると思う。

少し砕けた空気になったおかげか。一人、二人と続き、最終的に結構な数の手が上がっていく。

「ん、わかったわ」

なら、もう決まりでしょう。

「よし……じゃあ、今から皆で寝ましょうか」

「「「……はぁ？」」」

「どうしたの？　私変なこと言った？」

皆、この人本気で何言ってんの？　……って顔をしてるけど。

眠って、スッキリできるなら万々歳じゃないか。

「ロ、ロッテさん、いいんですか？　いくらなんでも……」

イーシアがおずおずと呟く。

「いいのよ、隣の盾使い君もぐったりしてるでしょ。ちょっと仮眠とるくらい、いいじゃない」

「で、ですが……お昼寝なんてギルマスにばれたら、さすがにまずいんじゃ」

「じゃあバレなきゃいいでしょ」

私がなんのためにギルドマスターを外に出したと思っているのか？

そのまま、部屋の後ろで様子を見ていたクルトの方へ。

「クルト、悪いけど、一時間経ったら起こしてもらっていい？　寝るから」

「はは……わかった」

面白そうな顔を浮かべているクルト。

「一応……もし、ゴンザレスさんが来たら適当に誤魔化しておくよ」

「助かるわ」

半ば強引な形でお昼寝タイムへ……そして一時間後。

「どう、頭……すっきりした？」

教壇から見る彼らの目はさっぱりしている。ついでに私も……大分眠気が取れた。

「うん、すっきり……したよ」

「そりゃ本当に眠ったしな……だけど」

「い、いきなり滅茶苦茶だ、この人」

「あら、でも睡眠は大事よ」

それだけで、気持ちをリセットさせてくれる。

私は決してこの一時間が無駄とは思わない。

「冒険者にとって、寝れる時に寝れるというのはとても大事な能力よ」

「いや、あの……」

「少なくともそれは今この時じゃないと思うんですけど」

いいのよ、細かいことはね。

「ゴンザレスさんは私に全部任せるって言ったんだから、バレたとしても文句は言わせないわ。ここでは私が法なのです」

「す、すげえぞ……この人」

「言いきりやがった」

と、言いつつ、どこか楽しそうな顔を見せる彼ら。子供の頃みんなで力を合わせて悪戯に成功した時の達成感というか。強いて言えばそんな感覚が近いかもしれない。

「そもそもさ、集中力の持続限界って頑張っても九十分って言われてるのよ。それなのに、睡魔に襲われた状況でそれ以上の時間をだらだらと解説したって耳に入らないでしょ」

「…………」

「訓練も同じだけど、意味なく時間だけ費やしたって何の意味もないわ。だったら、残る半分の時間を意味あるものに変えたほうがいいと思わない？」

別にサボるために寝たわけじゃない。有意義な時間を作り出すための必要な時間だ。

「じゃ、今度こそ講義を始めましょうか」

「あ、講義するんだ?」

「あはは、そりゃするわよ、さすがに授業をしなかったら給料泥棒で怒られるしね」

そう言って冗談交じりに笑う。

「ここにいるのは嫌々連れてこられた人が殆どだろうけど、よければ私の話を聞いて頂戴な、たぶん損はさせないと思うから」

ま……これで、さっきよりは集中できるでしょ、遅れながらもようやく講義を開始。

「え〜と、じゃあまず、手元の紙を見てくれる?」

そこにはギルドが参加者用に用意してくれた、今回の講習用の資料。

私が担当することが決まる前からわざわざ準備してくれていたもので、せっかくなので最初に見てもらうことにした。

「五分あげる。ざっとでいいから最後まで確認して……わかんない部分は飛ばしてもいいから」

パンパンと手を叩く私。あ……私なんか今、ちょっと講師っぽい。

ペラペラと断続的に響く紙をめくる音。仮眠のおかげか皆集中して読んでくれている。

そして指定時間の五分が経過。

「そこに書いてある資料の内容だけど……どう?　わかる?」

「ああ、冒険者学校で習った部分もあるし」

「俺は半分くらい……でもきちんと読めば」

「そっか、正直この紙に書いてある内容は基礎的でも大事なことだから読んでおいた方がいいよ」

資料に書かれた項目は「ギルドの集計したルーキーの死因ランキング」「冒険者のやりがちな失敗談」「ギルドの教えるゴブリン攻略法」「リムル南の湖畔の森の最適装備について」などなど。

いずれも、きちんと要点を絞って纏めてあると思う。

最新の統計データを使って資料作成しているので信頼性は高い。

「はい、じゃあその紙は荷袋の中に閉まっちゃっていいよ」

「え？」

「つ、使わないのか？」

「ちゃんと紙に纏めてくれているんだし、後で見ればいいでしょ？」

「そ、そりゃそうかもしんないけど、ギルドが今日のために用意してくれたんだろ？」

「そうね。実際大変だったと思うわよ、これ纏めるの……あなたたちが効率良く知識を吸収できるように、分厚い魔物図鑑なんかから必要な情報を取捨選択して」

そう言い、パサッと資料を教壇の机に置く。

「だからこれはキチンと読むべき。今でなく、宿に帰った時にでもね。一人でじっくりと学べるのが紙の利点なんだから」

「「「「…………」」」」

「わからなければ資料を作ったギルドで聞けばいい、親切に教えてくれるから……受付嬢さん舐めちゃ駄目だよ。綺麗な顔だけで働いていると馬鹿にする冒険者がいるけど、並みの冒険者より、よ～っぽど知識があるから」

あの人たちは美人なだけじゃない。何気に結構なエリートだ。

「で、じゃあ今日何を語るかだけど、せっかくなので、ここで書かれていない、私なりに使えそうな知識を伝えられればと思ってます」

そう言い、ゆっくりと彼らに向き直る。

「まぁ、講師は私の本業じゃないですし、偉そうなことを言うつもりはありません。さっきゴンザレスさんも言ってたけど私は薬師です。魔物相手の剣の振り方なんてさっぱりです、私はまともな攻撃魔法も使えません」

ゴブリンが来ても正攻法で戦えば危ない。

「自分を卑下するつもりはないけど、純粋な戦闘力という意味では私は皆さんよりもポンコツ……でも、そんな私だからこそ語れる、生きるのに役立ちそうなことを少しでも話せればと」

と、まぁ前置きが長くなってしまったけど、いよいよ本題へ。

「決まった時間の中で何を皆に伝えるか考えました。まぁ私は薬師だからね、皆さんのこれからの冒険者生活の中で、これだけは絶対に覚えておいて欲しいと思う薬をテーマに語らせてもらいます。これより語るは至高にして王道……」

ごくり……と、どこかから唾を飲みこむ音がした。

私の言葉に真剣に耳を傾けてくれる若い冒険者たち。

「そう！　ポーションについてお話しします！」

「「「「……」」」」

……だったんだけど。なんだその目は？　反応よくないわね。

「ちょっと……なんで、そんなしらけた反応するのよ」

「い……いや、んなこと言われもな」

「ポーションの効能なんて子供でも知ってるわよ」

「妙に勿体ぶるから……凄い薬が飛び出すのかと思ったら」

（……ふぅん）

子供でも知ってる……ね。

「まぁ、いいわ……それじゃあ、あなたたちの知ってるというポーションについていくつか質問するから、理解しているか答えてもらおうかな？」

やってるうちに、なんだかんだで講師気分になってきた私。

「まず、ポーションと回復魔法の違いは何？　えーと、そこの赤いバンダナ巻いた男の人」

ギルドで長い指棒を用意してくれており、せっかくなので使ってみる。

適当な男冒険者をご指名。

「お、俺か？　……えぇと、回復魔法は魔力を治癒力に変換したもの。ポーションはルラル草と呼ばれる草を煮詰め、複数の薬剤などと調合して治癒効果を持たせたものだろ」

「うん、そうよ」

二つの大きな違いは治癒の元になる媒体である。

「じゃあ次、両者の回復量は何で決まる？　そこの女の子」

「は、はい。回復魔法は術者の魔力制御能力と魔力量、光魔法に対する術者の魔力の親和性によって左右されて……【ヒール】、【ハイヒール】、【エクスヒール】の順に魔法難易度もあがって、回復量も増えていきます」

「ん、じゃあポーションの方は？」

「調合素材と、薬師の腕？　……でしだっけ？」

「もっと堂々と発言していいのよ……別に間違ってないから」

ここまでの内容を簡単に整理するため、黒板にチョークで書きかき。

「一応もうちょいポーションの回復量について補足しておくわ。下級ポーション、中級ポーション、上級ポーションの順に回復量が増えるのは当然知ってるだろうけど……いずれも素材はルラル草がベースとなるのは同じね」

ゴンザレスさんに字が汚いって言われたから気持ち丁寧に板書していく。

「このルラル草の質と、それに付け加える素材によって回復量が変化する。調合素材はポーションのランクを判断する一つの基準となるわね。あとは薬師の腕によっても品質は変化する。調合時の内包成分の空気拡散などによる、品質劣化率諸々が影響してくるからね」

腕次第では下級ポーション用の素材と、中級ポーション用の素材で作ったポーションの回復量が逆転するなんてこともある。

ここで細かいポーションの構成成分やその調合手順まで解説することはしない。

覚えても簡単にできることじゃないし、そもそも片手間でできるなら薬師という職業は必要ない。

「さて、みんなはどういう理由でポーション使ってる？」

ここから今回のテーマの肝だ。

「ど、どうって……」

「そんなの決まってるだろ？」

「なぁ？」

「怪我した部分を治すために、ポーションをかけるんだよ」

何を当たり前のことを……といった表情をして、戸惑いがちに答える参加者たち。

「なんでポーションをかけるの？」

「け、怪我したから」

「う、うんまぁ……それはそうなんだけど」

ああ……いや。これは私の聞き方も問題があったか、ごめんなさい。

「ポーションは液体状で、飲んでも効果があるよね？」

「ああ、そういうことか。部分的な怪我なら患部だけに使用した方が回復効率も高くなるし、使用量も少ないから安く済む。だけど外傷、切り傷、擦り傷ならともかく身体の内部、例えば骨折した場合は中までポーション液が浸透しない場合もあるから、飲むのと患部にかけることを併用したりする」

「臨機応変にってことね。うん、ちゃんと押さえているね」

「このくらいは当然だろ、ポーションなんて一番使う薬なんだから」

うんうん、そうだね。

なるほどここまでは間違えてない。

「で……他の使用法は？」

「ほ、他……？」

「あるわよ。ここまであなたたちが言った使用法はド基礎の話よ。簡単な使用説明書きを読み上げた程度にすぎない」

「か、身体の傷を治すのがポーションだろ、別の使用法なんて」

「あら？　私が適当なことを言っていると思ってるの？　誰かわかる人いる？」

ゆっくりと部屋を見回す私。

「ポーションの特性を本当に理解していれば思い浮かぶはずだけどな？　わかんない？」

「「「…………」」」

沈黙したまま、どうやら全員わからないようだ。

「そっか……よかったわ、それを教えるために私がいるんだからね」

そう言って、ニコリと笑う私。

「冒険者にとって傷を癒すポーションは必需品。これに異論がある人はいないわよね？」

私の言葉に首を縦に振る参加者たち。

優れた回復魔法使いがパーティにいれば話は別だけど。

そんな人材は低ランクの冒険者とは縁がなく、稀有《けう》な例だ。

「毎回持ち運ぶ超重要アイテムなのに、ポーションのことを知らないなんて、はっきり言って勿体なさすぎる。というわけで、ここからは……よりポーションを使いこなすための実践編です」

誰でも覚えられて、すぐに役立つポーション利用講座の始まり……と、ここで気づく。

「ご、ごめん。もう一つだけ知識の話をさせて、優劣について確認していなかった」

しまった。実践する前にもう一つ説明しなきゃいけないことがあったわ。

皆、肩透かしをくらった顔だけど。

こちとら、なんちゃって教師で段取りなしでやってんだから諦めて欲しいわね。

「ポーションと回復魔法、総合的に見てどっちが優れているかって話なんだけど」

「間違いなく回復魔法だと思う」

「俺も魔法かなぁ」

即答、まぁ……予想通りだけど、理由を聞いてみる。

「そりゃ自分で回復できればポーションを買うお金もかからないし、結果的に旅の準備で細かいことを考えずに済むようになるし」

うん、コスト面の問題ね。

「あとは格好いいしな……なんか選ばれし者のみが使えるみたいで」

「そこか……まぁ特別視はされるものね」

そういった風潮があるのも事実。実際、教会がただでさえ少ない回復魔法を扱える光属性の素質を持つ者を囲ったせいで一種のブランド化させてしまった。

一部では神から授かった奇跡だとか、馬鹿なことを言っている者までいる。

権益関係が絡むと本当に面倒だ。彼らは薬師ギルドを見下しており両者は仲が悪かったりする。

「う～ん、私はポーションかなぁ」

「あら？」

八割近い冒険者が魔法と言う中、ポーションと言ってくれる子がいた……ちょっと嬉しい。

てか、イーシアじゃないの。

「お金はかかるかもしれないけど、信頼できるじゃないですか。魔法はその場で準備して発動させるから失敗の可能性があるけど、ポーションはすでにできているものを持ち運ぶから失敗はない。勿論維持管理には気をつける必要があると思いますけど」

「なるほど……うん、なかなか、いい着眼点だと思うわよ」

「あ、ありがとうございます」

道具の使い方を覚えればいいのだから、個人の力量に状況が左右されない。

ポーションを所持していれば誰でも回復役になれる。

さて、皆の意見も聞いたことだし、ここで私なりの見解をば……。

「質問しといて、ずるい回答かもしれないけど、はっきり言って、両者に完全な優劣を付けるのはナンセンスだと思ってる」

黒板に箇条書きにして両者のメリット、デメリットを記す。

「回復魔法がポーションより優れている点は、調合素材が必要ないこと、道中の荷物量をかなり抑えられること、術者の魔力さえあれば発動できるんだからね。寝て休めば魔力は回復するし」

「「「……」」」

「じゃあポーションの回復魔法に勝る利点は何か、回復アイテムとして備蓄ができること、誰でも使用できること、デメリットとしてはコストかしらね、どうしても無から作り出すことはできないから、あとは先ほど彼女も話した安定性ね」

ざっと纏めるとこんな感じだろうか。ただコストについては世間の考えはともかく、状況によりけりだと私は思うんだけどね……まぁ、それは今はいいわ。

「で……実はもう一つ大きな差異がある。回復魔法とポーションの回復過程の違いなんだけど」

「か、回復過程……ですか？」

「うん」

あんまりイメージしたことがないだろうか。

「そんなに難しく考えないでもいいわよ、どのように治癒が進んでいくかってこと。誰かわかる？」

沈黙したまま十秒ほど経過するが……誰も手を上げる様子はない。

と、そこで……再び、おずおずと手をあげるイーシア。

「あ、あの……いいですか？」

「どうぞどうぞ」

「体の外から治すか、体の中から治すか……ということでしょうか？」

「具体的には？」

「えぇと、ポーションが肉体の元々持つ治癒速度を高めるものなのに対し、回復魔法は魔力を使って、外から傷部分を穴埋めするイメージというか」

イーシア、凄いじゃない。

これ一見だと違いわかりにくいから、知らない人が多いんだけど。

「正解よ……やるわね」

「あ、ありがとうございます」

褒めると、少し照れた顔を浮かべるイーシア。

「長くなったけど、この特性を知っているか知っていないかで、ポーションの利用法が大幅に変化する。で、その用途についてなんだけど……ここからは実際に試して確認した方がいいわね」

直接見たほうが理解しやすいだろう。

「イーシアの隣で少し前までぐったりしていた、盾使い君……こっちに来て」

「え、俺？」

「そうよ……ほら、早く、あまり時間がないんだから」

戸惑いながらもこちらへ来るシルド。

「試したいことがあるから、そこの机に貴方の大盾を置いてくれるかしら」

「あ、ああ……」

ゆっくりと自身の愛盾を置く。

サンドリザードのやや黒みがかった茶鱗《ちゃうろこ》で作られた、八十センチくらいの円形の鱗盾。

「全体的に結構な傷が見えるわね」

「ギ、ギルマスに今日訓練場でやられた」

「あの人……手加減知らないからねぇ」

ところどころすり減っている。

修理費だって馬鹿にならないっていうのにね。

私は今日、彼の盾を見た時から実例にさせてもらおうと思っていた。

サンドリザードの鱗なら、見た目にもわかりやすい。

「じゃあ、ちょっとした実験を始めるわね、みんな見やすいようにこっちに来て」

そう言い、自前の荷袋から一つの瓶を取り出す。

「ロッテさん、それは？」

「私が作った上級ポーションの入った瓶よ」

ちょっと今回は時間がないので贅沢にまるまる一本使用だ。

もちろん、後でギルドに経費として請求させていただく。

参加者たちの視線が机の上の盾に集中する。

「見ててね……ここにポーションを掛けると」

落ちていくポーション液、盾に液体が触れると同時。

「「「「……え？」」」」

目に見えてわかるほど、大きな反応が盾に起きる。

瞬間、唖然《あぜん》とする参加者たち。

「う、嘘だろ！」

「な……なんで？　どうしてっ！」

みるみるうちに盾の細かな傷が、残っていた線が塞がっていく。

そして、たった数分で。

「な、なおっ……た、のか？」

「信じられないなら、触ってみたら？」

ポーション使用により、彼の大盾は新品同様の鱗の盾となったのだ。

「お、俺にも触らせてくれ」

「……す、すべすべだ」

「まるで防具屋にメンテナンスに出した後みたいに」

「お、おいお前ら、やりすぎだ……俺の盾をあまりベタベタ触んじゃねえ」

盾に指紋がべったりついて戸惑うシルド。

ちょっと困った顔で私を見てるけど……。

ごめん、助けられない。そこまではちょっと無理。

確認を終えて落ち着いたところで話を戻す。

「これがあなたたちに今日伝えたかったポーションの使用方法。これは回復魔法では不可能なことよ」

さっき話した両者の回復特性に起因する内容だ。

回復魔法は術者の魔力を治癒エネルギーに変換。

しかし、人間の魔力と魔物の魔力は根本的に違う。

同じ人間やエルフやドワーフといった亜人にしか治癒効果を発揮しない。

「だけどポーションは生物元来の持つ回復力を高める効果を持つ。成分上、人間ほどじゃないけど魔物にだって効果がある。魔物素材で作られた盾なら御覧の通りよ」

「な、なるほど」

「いや、これは本当にすげぇ」

「ポーションを使うことで装備品の修復が可能なんて」

まぁね。

「だけど勿論、全部の装備品でここまでの速度で修復できるわけじゃないわ」

「そ、そうなの？」

「ええ、さすがにそこまで万能ではないわ。それに使われている素材によってポーション吸収率が違うのよ、サンドリザードは特に吸収率が高いからね、逆に同じリザード種でもフレイムリザードは吸収率が低い」

上位冒険者の扱う武器防具となると複雑だ。

異種素材を複数組み合わせて緻密に強度を上げた防具だったりすると、ポーション液に浸せば、素材間の強度関係に綻びが生まれ、逆に寿命を縮めてしまう結果になりかねない。

全部ポーションで治せたなら、武器防具屋でメンテナンスなんてする必要はなくなる。

とはいえ、装備をしっかりと理解し、使用用途をきっちり考えれば有効なポーション活用法だ。

「な、なんで、こんなこと知ってるんだ？」

「ふふ……なんでかしらね」

実は以前、ローブを洗濯したと時、間違ってポーション瓶をポケットに入れたまま、桶の中で割ってしまったことがあった。

で、後で見たら綺麗に治っていたので、色々実験してみた。

ちょっと情けなかったから言わないけど。

「で……参考までに、この特性を踏まえて私が皆さんにお勧めしたい装備がこれです！」

チョークで黒板に絵を描きかき。

「EランクやFランクだと、依頼で食い扶持を稼ぐのも大変でしょう。武器のメンテナンス代って馬鹿にならない。だけどポーション吸収率の高い装備であれば、さっきみたいに劇的にとはいかないけど、希釈したポーション液に一晩浸しておけば細かい傷は治るわよ」

加えて、自分で一から十までメンテナンスの仕方を覚える必要もない。

興味深々といった顔で黒板を凝視する彼ら。

「性能面とメンテナンスの簡略化、必要素材の入手難易度、その総合点に優れた画期的な装備、それは……これよ！」

トレントのとげこん棒。フォレストウルフのまだら腰巻。ウッドプラントの葉で作られた葉冠。

「名づけて、バーバリアンシリーズよ！」

「「「だ、だせぇ」」」

だせぇ言うな。これでも一生懸命考えたんだから……。

「い、いいじゃないの、ダサくても！　皆がダサいって言うこん棒……実はかなり利に適っているんだからね、あの太い棒なら何回使ってもへし折れる確率は低い、しかもポーションで修復できるとなれば言うことなしでしょ、何より……ダサくて人気がないから安い！」

「ま……まぁ、うん」

「言っていることはわかるけど」

「つぅか先生も何度もダサいって言っちゃってるし……」

うるさいわね。私は外見より実用性を重視するタイプなのよ。

ダサいだの可愛くないだのと、頑張って考えた装備品にケチをつけられながらも講義は進む。

「普通のゴブリン程度ならこれで十分よ、時折でてくる昆虫魔物だっていける」

まぁ、肉の皮の厚いオーク種相手だと、打撃はちょっと厳しいから魔法使いが欲しいところだけど、それもまったく通じないわけではない。

「皆の美的感覚はともかく、私は今の時点でご立派な鋼の剣なんかを持つことは絶対にお勧めしない。見栄えはするかもしれないけどね。腕がなかったら数回切っただけで刃こぼれするし、金属系の武器はポーションによる修復が効かないから」

「な、なぁ……えぇと、ロッテさん」

「……ん？」

おずおずと手を上げたのは魔剣使いのヤトだった。

「魔剣の傷の場合はどうなるんだ？」

「ポーションで傷を修復できるかってこと？」

コクリと首を縦に振るヤト。

「魔剣は意志があるとはいえ金属だからね、ポーションでは治らないわ……でも、大抵の魔剣にはそもそも修復能力が備わっているはずよ」

「そうなの？」

「うん、見てご覧なさい、細かい傷とかないでしょ……」

魔剣の刀身を見て確認するヤト。

「改めて、本当にすげぇんだなコイツ」

「そうよ、ただし……その傷を修復するエネルギーは魔剣の持ち主から奪っているんだからね」

「……え？」

「わかるわね？　……傷だらけの剣を無理に使い続ければどうなるか」

「は、はは」

引きつった顔で渇いた笑いをするヤト。

怖がらせたかもしれないけど、実際それぐらいは警戒しておいた方がいい。

それからも有用なポーションの使用法について語っていると。

時間が経つのは早いもので。

「さて、ぼちぼち終わりの時間になったわね」

「え？」

「も、もう終了時間？」

「ふふ、気づかなかったってことは集中してたってことよ。興味が出たならここからは自分なりに調べてみるといいわ」

とてもいい傾向だ。集中して覚えたことはなんらかの形で記憶に残るものだ。

あと講義予定時間の半分寝てたからね、そりゃ時間経つのも早いよね。

「話を聞いてくれてありがとね。最後に、ここまでポーションの話ばかりだったし、せっかくなので冒険者の立場の私からも最後に一つアドバイスを……ごほん」

軽く咳払いをしたあと。話を締めさせてもらうことにする。

「同じ冒険者として私が皆に伝えたいのは……無様でもなんでも、とにかく生きること」

生きてさえいればどうにかなる。

「よければ、ゴンザレスさんの若い時の失敗談とか聞いてみるといいわ。なかなか酷い内容よ、今でこそギルドマスターなんて立派な職についてるけどね。火山洞窟で火炎草採取して戻る途中、荷袋に引火してアイテム全部燃えたとか」

「「「……え？」」」

昨日、酒の席で色々と話してくれた。

なかなかドン引きの様子の参加者たち。

「焼けどして全裸で帰ってきて、街中の笑いものになったみたいよ……でも、生き残った。だから今はお酒のつまみになる笑い話に変わってる」

当時は死ぬほど辛《つら》かったそうだけど。

「金銭的な面から何から今は大変だろうけど、汚かろうが、這いつくばって泥まみれになろうが、周りにどう思われようが生きること。格好悪くたっていい……死ななきゃいいのよ」

最後に笑えばいい。格好つけるのは後でできる。

「途中何回失敗したっていい。そりゃ失敗しないにこしたことはないけどさ、そんなに全部うまくいくわけないから。まぁゴンザレスさんの事件は火炎草を取り扱いできる薬師がいれば防げた事件だと思うけど」

「や、薬師って実はすげえんだな」

「ふふ……ありがと、少しでも私たちのことを知ってくれたなら嬉しいわ」

残念ながら、今日集まった中に薬師はいないみたいだけど。

「薬師はただ薬を作る人じゃない。例えば、そこの彼女がオシャレのつもりでつけてる香水、南大陸に山脈に住むハニーベアを大量に呼び寄せる、南方の国の禁制品よ」

「こ、これが？　普通に露店で売っているものですよ」

「ここで使う分には問題ないからね」

　おっかなびっくりの様子の女の子、知らなかったらしい。

「見えない危機はそこら中に転がっている。意識できないものを対策するのは困難。冒険で危ないのは魔物の襲撃だけじゃない、だからこそ今日みたいに知識を、知恵を磨くの、視野を広く持つために」

「「「「……」」」」

「そういった意味で薬師は適職よ。そして薬の対応力、応用性は聖女の使う回復魔法や支援魔法にも劣らないと私は思ってる。いい、これは私が薬師という仕事についているから言ってるんじゃないわよ、聖女が嫌いだから言ってるんじゃない……断じてね！」

「……は、はぁ」

「えと……はい」

　おっと、また感情が零《こぼ》れてしまったか。

　いけない、いけない。

「ま、こうは言ったけどあんまり堅苦しく考えすぎないで、自分一人の知識では頑張ってもできることに限界がくる。だから足りないものを補うために、仲間とパーティを組むんだからね」

そうして目を増やし全体の視野を広げていく。

それこそが正しいパーティの在り方だと思う。

決して彼らが私たちのようにはならないように……そう心の底から願う。

パチパチとなる拍手。

そんな形で講義は終了したのであった。


なんとか無事に講習は終了。

「お疲れ様……ロッテ」

「ありがと」

終了後、気を遣って水の入ったコップを用意してくれていたクルト。

ごくごくと飲んで乾いた喉を潤す。

参加した冒険者たちに軽く別れの挨拶をして、講習部屋を出て廊下を歩く。

「いや〜ずっと話し続けるのも、楽じゃないわね」

「でも、かなりそれっぽかったぞ」

「そっか……それならよかった」

なんちゃって講師だけど、彼らも話は聞いてくれていたと思う。

特に私語をしている者もいなかった。

まぁ報酬分の仕事は果たしたよね、たぶん。

ギルマスの執務室に行き、約束通りゴンザレスさんに報告する。

ポーションを題材にした授業のこと。

最後にちょっとゴンザレスさんのことを話題に心構えを話したことなど。

「くはは……やっぱ面白えなロッテの嬢ちゃんは。あぁ、俺も嬢ちゃんが話すところを見たかったな」

結果、何故か大笑いしているゴンザレスさん。

最初一時間寝ていたけど、それは黙ってます。そのうちバレるだろうけどね。

まぁ案外、バレてもゴンザレスさんは笑って終わらせる気もするのだけど。

「つぅか……バーバリアン装備いいじゃねえか！　安上がりで」

「でしょう！　そうですよね！」

おお……よかった、理解者がいてくれた。

「ちょっとぐらい不格好でもいいじゃねえか、なぁ？」

「私もそう思うんですけどね、せっかく考えたのに……」

とても残念である。

「冒険者なんだから、ファッションも冒険しろってんだよな」

「ええ……ていうか、そんなにこれ、酷いかな？」

「いや、俺は逆に一周回ってこのダサさが格好よく見えてきた。そもそも武器防具の性能美を追求した合理性とはこういうものだ。最近の装備品は無駄な装飾が多すぎる」

おお……さすがだゴンザレスさん。歴戦の戦士が言うと格好いいね。

「だが実際、冗談抜きでこのアイデアを腐らせるのは勿体ないな」

ゴンザレスさんが真剣な顔で呟く。

「あの……ゴンザレスさん、私思うんですけどね。こういうのってあれですよ、自分一人で着るから目立って恥ずかしいと思うんですよ、先進的なファッションて、なかなか理解されないじゃないですか」

「なるほど、意識改革が必要ってわけか」

「そういうことです！」

いや～話がわかるわね。

「ならギルドで何点か用意して、スタンダードな貸し出し装備にでもするか？　いや、それだけじゃまだ弱いか。今度開く初心者演習で参加者全員に無理矢理コレを着させることにしよう。まずは無知……いや、未来のある新人たちからこの素晴らしさを刷り込ませていく計画だ」

「素晴らしいです！　ねぇクルト！　一度着てみてくれない？　貴方顔がいいから大体似合うだろうし、広告塔になってよ！　そうしたら人気が出るかもっ！」

「ずうぇってぇやだ」

俺を巻き込むんじゃねえとばかりに、顔を顰めるクルト。

「なんかさぁ……変なところで馬が合うよな、二人」

「どうしたの、クルト？」

「何か言いたいことでもあんのかクルト？」

クルトがこっちを冷めた目で見ていた。

「別に……普段、タンクトップと薬師ローブで、毎日同じ服ばっかり着ているやつらが、ファッションを語るなとか微塵も思ってないよ、あはは」

笑ってるけど……な、なんだか妙に刺《とげ》があるわね。

「話は変わるが、ポーションについては教えてよかったのか？　あれ、あまり世に広まっていない技術だろう？」

「あのぐらいなら、まぁいいかなと……」

おそらく、気づいている人は気づいていると思う。

実際に有効活用できているかはともかく、秘匿というほどでもない。

自分の中でこれは絶対に教えてはならないという薬はある。

実際ポーションにも本当に危険な使い方があるのだが……。

世間に出回った時の危険性などから私はそれを封じている。

一研究者として、実行するとどうなるか興味がないわけではない。

頭で想像はするけどそこまでだ、超えてはいけない一線というのは存在する。

「そういえば、昨日お前たちが話していた魔剣の件についてだが……」

「あ、何かわかりました？」

講義内容の話から別の話題へ。

「今日【疾風】の三人から事情を聞いた。さっきまで魔剣の発見された薄暮の迷宮について調べていたんだがな、こいつを見てくれ」

ゴンザレスさんがポンと資料を渡してくる。

「どれどれ」

「俺にも見せてくれよ」

クルトが隣に来て紙をのぞき込んでくる。

紙に記載された内容はリムルの街近辺の各ダンジョンの情報。

直近の行方不明者、死亡者数などが記載されていた。

「えぇと、薄暮の迷宮は」

「下の方に書いてあるな……ふむ、死亡者はゼロ、注意備考欄にも記載なし」

「どうだ……とても平和だろ？」

ゴンザレスさんが呟く。

なるほど、確かに何の問題も起きていない。

「ええ、とてもいいことですね」

「嬢ちゃん、本心で言っているか？」

まさか。

「二人はどう見る？　元Aランクパーティとして率直な意見を聞かせてくれ」

「死亡者ゼロってのが引っかかる。一日二日ならともかく、集計期間三か月だろ？」

「クルトに同意、少なすぎて逆に不気味」

「ああ、適度に死亡者がいた方が自然……という言い方はギルドのトップとして、あまりにもアレなんだが、残念なことにしっくりくる」

複雑な表情のゴンザレスさん。

いくら低ランクのダンジョンとはいえ死者が少なすぎる。

データを好意的に取るならば、近年の冒険者の質があがったとかだけど。

だったら、ゴンザレスさんも今日の講習会のような話は持ち掛けない。

このデータを見る限り、他のダンジョンでの死亡事故などは増加傾向にある。

「魔剣が発見されたのは【疾風】が入手した一本だけなのか？」

「少なくとも、ギルドで確認しているのはな」

クルトの問いに答えるゴンザレスさん。

「そもそも、薄暮の迷宮はE級ダンジョンだ。そんな場所でポンポン魔剣が見つかるなら……」

「もっと噂《うわさ》になるってことだな」

「ああ、だが彼ら以外に発見されたという報告はない」

パーティランク同様にダンジョンにもランク付けがされている。

難易度的に同じランクなら普通に攻略できると考えていい。

Eランクは下から二つ目。ルーキーたちはともかくベテラン冒険者からすれば、こんな安全な場所で魔剣が見つかるなら、これほど効率のいい稼ぎ場所はない。

ダンジョンの性質についてはまだ解明されていない。

今回の件は、表面上いい話なのかもしれないが。

「こういう中途半端に喉に引っかかる案件が一番嫌だ」

「特に害も出ていませんしね」

こんなに平和じゃ駄目なんです！　……じゃ、さすがに大規模な予算なんて組めないだろうしね。

いくらギルドマスターとはいえ、そんなことばかりしていたらキリがない。

その辺の取捨選択は難しいところ、言葉にはできない長年の勘に頼るしかない。

「一応、保険で調査員を何名か送っておくべきか」

「まぁ多少の金銭で責任の重圧から解放されると思えば……案外、こういうのって時々とんでもない反動来たりしますからね」

「そうなんだよなぁ」

「といっても……十に一つぐらいですけど」

「その一割が馬鹿になんねぇから困る」

苦悩するゴンザレスさんだった。

薬師ギルドへ、ロッテ至高の一品を求める

日にちが経つのは早く、リムルの街に来てもう五日が過ぎた。

【紅蓮の牙】を抜けて、街で私が今何をしているかというと。

「ロッテさん！　三番テーブルで鋼鉄マグロ入りましたので、お願いします」

「はいはい」

「ロッテさん！　ロッテさん！　手が空いたらこちらのデンジャラスマッシュルームの下処理もお願いします」

「はいはいはいはい」

何故か、ギルドの厨房で汗を流して働いております。

その日の夜。

「嬢ちゃん……今日の分の給料だ。本当に助かったぜ、色つけておいたからな」

「ありがとうございます」

ふふふ、日々仕事をこなしたおかげでお金もちょっとずつ溜まってきた。

「まさかロッテは料理人にでも転職するつもりか？」

「ち、違うわよ」

私を見て変な顔をするクルト。まぁそう見えるのも無理はないけど。

「別に俺はずっと働いてもらっても構わねえけどな」

「いやいやいや、ないですから……気持ちはありがたいですけど」

でも、このままだと本当にそうなりそう。

五日経過した今も実は、冒険者ギルドに泊まっていたり……。

勿論、宿を探すと話したのだが、ゴンザレスさんにお金ないんだから遠慮すんなと、流れで押し切られ、厚意に甘える形になってしまった。

まぁそんな背景もあって仕事を手伝っていたのだけど。

ちゃんとお給料も貰えるしね。けど……料理人の真似事は今夜までだ。

ギルド酒場の料理長の風邪が予定より長引いたので、その間だけ特殊な魔物食材の調理ができる私がヘルプに入ったが、料理長も無事回復した。明日には戻ってくるそうだ。

「それに一応、料理だけしていたわけじゃないわよ」

「そうなの？」

「そうよ、迷走しているように見えたかもしれないけど……」

空いた時間に、冒険者ギルドの受付横の椅子に座って、ちょっとした冒険アドバイザーの仕事をしたりもした。先日講習で知り合った冒険者とも話すようになり少し仲良くなった。

「調理手伝いにしても、他にもちゃんと引き受けた合理的理由があるんだからね。興味があるなら見てみる？」

「み、見る？　なんだかしらないけど……じゃあ見ようか」

戸惑うクルトと一緒に、厨房奥の食糧庫に行く。

眼前には私が特別にギルドから借りた、古いタイプの冷蔵庫。

「さぁ、見てちょうだい……ここ数日の成果を！」

その扉を勢いよく豪快に開くと。

「「……うげ」」

ゴンザレスさんとクルトが同時に仲良く顔を顰める。

「やっぱ何度見ても衝撃的な光景だなオイ」

「これ、血に慣れてないやつなら間違いなく吐いてるな」

ギルドでいらない素材を貰い、使っていない冷蔵庫を借りて保管しておいた。

店に出せず、本来そのまま処分する予定だったものだが、私からすれば調合で使える貴重な部位がたくさんある。見た目はまぁ……ちょっとあれだけど。

魔物のモツ的なピンク色の部位だったりが保管庫にぎっしり……。

「凄いでしょ、宝の山よ！」

「まじか、俺には死の山に見えるんだがな……」

「同感だ。俺薬師のこういうとこだけは苦手だ。以前ゾンビの大群に襲われた時より酷い」

二人には滅茶苦茶不評だけど。これを調合して薬師ギルドで売り払えばかなりのお金になる。

元手はかかっていないのだから、ほぼ丸々利益だ……素晴らしい。

そうだ！　明日は仕事もないし、薬師ギルドに行って買い物でもしようかしら。

ずっと働いていたから外を散策する時間もなかったし、ちょっとした羽休みだ。

翌朝、ギルドを出て街へと繰り出す。

同じく予定のないクルトと二人、朝食を食べに漁港の方へ。

今朝水揚げされたばかりの新鮮な魚を使った料理で腹を満たしたあと、食休みして街を回る。

「頼むぜ、もう一声、四千ゴールドっ！」

「無理無理……これ以上は負けらんないよ」

「ぱぱぁ、私……今度はあれ食べたい」

幅広い石畳みの大きな通りでは活気のある声があちこちから聞こえてくる。

商人と冒険者の値段交渉する声、仲良く家族連れで露店の食べ物を楽しむ姿。

リムルは交易の盛んな街で異国の珍しい品も露店にはたくさん並んでいる。

海街だけあって楽しめるスポットも多い。

外には遊覧船が走り、港の端にある桟橋では釣りを楽しむこともできる。

人も多く、劇場などの娯楽施設も充実している。

まぁ……今日の目的はそのどれでもないのだけれど。

「場所は覚えているのか？」

「あんまり……えぇと確か薬師ギルドは」

一度訪れた記憶があるが、前のことなので場所を忘れていた私だった。

ゴンザレスさんから貰った地図を頼りに、少し迷いながら二十分ほど歩いて薬師ギルドへ。

眼前には木造三階建ての大きな建物。

建物周囲に植えられた木々、街中ながら自然豊かな森の中にあるよう。

建物の裏には薬師ギルドが栽培している広大な薬草園もあるそうだ。

「いらっしゃいませ」

建物の中に入ると制服を着た女性従業員の元気な声が聞こえてくる。

入って右側に総合案内所、正面に仕事や手続きの受付。左側にはずらりと何列も並ぶ棚、売り物の素材やポーションなどの薬、今日は買い物目的なので売り場の方へ進む。

「うわ……凄いな」

「ここは大きな街のギルドだからね、品揃えもかなりのものでしょ」

「ああ」

クルトの感嘆の声、棚に置かれた籠に入った色とりどりの草花。

滋養強壮に効く薬を作れるマンドラゴラの根っことか、珍しいものも置かれている。

こうして見ているだけでも退屈しない。なお、値段は安くもないけど高くもない。

そもそも薬師ギルドの販売価格が薬の市場適正価格だとされているからね。

でも時々、中古の器具や消費期限的なものから素材が安売りされることはある。

「ふふ、うふふふ」

「なんかロッテ、見ているだけでも楽しそうだな」

「まぁね、あの素材があればこれが作れる、あれも作れる……そんな感じで想像するだけでわくわくするわ」

商品を見て、思わず笑みが零れてしまう。

「女性はウインドウショッピングを楽しむ生き物だからね」

「な、なんか普通のと違くない？」

ちなみに今日は薬師ギルドに買いものに来たわけだけど。

奥の受付では調合した薬も買い取ってくれる。

薬師も中の部屋におり、ここに並んでなくても頼めば奥で薬を調合してくれたり……。

「ところで、ロッテは何が欲しいんだ」

「……そうね」

クルトの質問に考える。欲しいものはいくつかあるんだけど。

「今日の目的は……あ、ああ、あれはまさかっ！」

目に入ってくる衝撃の光景、壁側奥のコーナーにずらりと並ぶ調合器具。

その中、大事そうにガラスケースの中にしまわれた灰色の容器。

「あ、ああ、あれはもしかして……アザンヌの新作じゃないっ！」

クルトとの会話を中断して、興奮しながら駆け寄る私。

かじりつくようにケースの中のソレを見てしまう。

「あ……アザンヌ？　なんだソレ？」

「クルト、知らないの？　彼の者の名を……」

あの巨匠アザンヌの名を……。

戸惑いがちに尋ねるクルト。

「そ、そんなに有名な人なの？」

「ええ！　乳鉢界にこの人ありと言われた、乳鉢デザイナーよ」

「ごめん、まったく知らない」

（ああ……欲しい、凄く欲しい）

まさか、こんな一品にここで出会えるなんて、なんという奇跡だろうか。

ガラスケースに手を置いて、かじりつくように見る私。

ああ……欲しい、凄く欲しい、アザンヌ（乳鉢）のニューモデル。

恋焦がれる乙女のような目でガラスケースの中を凝視していると。

「お客様、アザンヌの新作にご興味が」

「え？　ええ……」

そんな私を見て、薬師ギルドの女性がやってくる。

「驚きましたよ、まさか最新モデルをお目にかかれるとは……」

「うちのギルド長の伝手もあって、卸していただけたんですよ」

「そうだったんですか」

ニコリと営業スマイルを浮かべる従業員女性。

個人で作っているので大量生産できるものではない。

「あれ？　……でもロッテ、似たようなもの持っていなかった？」

「一応、私がこれまで使っていたのもアザンヌモデルだからね。昔の型落ちモデルだけど」

「ああ……それでなのか」

薬師ギルドでは、薬だけでなく調合器具も買い取ってくれる。

時々掘り出しものが売られることもある。

以前運よく中古で並んでいたので即購入した。

まぁ……古くてもかなりのお値段だったけど、全然後悔はしていない。

それからこれまで、長い間愛用している。

「アザンヌモデルは年に一度くらいのペースで、ユーザーからの反省点を踏まえてバージョンアップされるのよ」

「……へぇ」

その使いやすさは日々進化している。

別のモデルに触れたことがないので、どの程度の進化かはよくわからないんだけど。

「進化しても、見た目は似てるんだな」

「極端な変化は嫌うユーザーも多いからね。薬師にとっての調合器具は、剣士にとっての剣と同じっていえばわかる？」

「ああ、なるほど……なんとなくわかった」

いい道具というのは身体に馴染《なじ》むものだ。

ぶれなく力が加わることで、身体と道具が一体化するというべきか。

一流の戦士は武器を選ばないと言われる。

それは間違いじゃないかもしれないけど、切れ味が増すからといって、それだけで刃渡りが倍の武器に切り替えたりはしないだろう。

まぁ……少し極端な例かもしれないが。

で、とにかくだ。

「ああ、うう……いいなぁ、やっぱいいなぁ」

アレを使ってごりごりしたい。ひたすらごりごりしたい。

「やっぱりお高いんですかね？」

「えぇと」

ケースには値段が記載されていない。直接店員さんに聞いてみる。

「一般販売価格は二百万ゴールドになります」

「た、高い……まぁいいものだものね、しょうがないんだけど」
ゼ、ゼロ一つくらい負けてくれないかしら、そしたらギリギリで手が届くんだけど。
「あの……薬師資格はお持ちですか？」

「ええ、持ってるわ」

「でしたらいくらかお値引きもできますんで……確認のために資格証明書を見せてもらってもよ

ろしいですか?」

言われて、ごそごそと荷袋の中から財布を取り出す。

「え~と、どこに入れたかな資格証?」

紐で結んだ革の袋財布の中からお目当てのカードを探す。

手を動かすたび、中からジャラジャラと硬貨の音がする。

「ず、随分多いなぁ」

「そうなのよ」

顔を顰めるクルト、私の財布の中身はパンパンだ
とはいってもお金が入っているわけではない。

「整理すりゃいいのに、ルルブの街のお肉屋さんのポイントカードなんて使わないだろ」

「こういうのって、なかなか捨てられなくてねぇ」

あとは大衆食堂の次回割引券とか、そんなのがみっちりと。

冒険に必要な荷物とかだと、きっちり量を絞るんだけどね……本当不思議。

「あ、あれ? ないわね。確か朝見た時には入っていたはずなんだけど、妙にキラキラした奴だから……すぐ見つかるはずなのに」

「き、きらきら?」

その言葉に不思議そうな顔をする店員さん。

あれ? 本当にどこにいった? ……お! あったわ……見つかってよかった。

カードタイプの資格証明書を店員さんに手渡す。

「はい、これ……」

「は、拝見しますね……え？　ご、ゴールドッ！」

カードを見て大きな声を出す店員さん。

何度も確認するように目をパチクリと。

「と……とと、特一級薬師の方だったんですかっ？」

「ええ、そうよ」

口を大きくあける店員さん。

金色の枠の中に記載されている氏名、登録番号、生年月日。

背面には薬師ギルドの精緻な紋様が刻まれている。

「す、凄いんですね、まだお若いのに……あの試験、年度によっては合格者が出ないこともあるのに」

「あはは、運よく合格しただけですよ」

「む、無理ですって……学科も記述式ですし、実技試験も運ではとても。このカードを持つのは殆どの薬師たちの夢であり、目標であり、憧れなんですよ」

ごほんと咳払いをする店員さん。

「と、カードをお返しします……すみません、驚いて興奮しちゃって」

「いえいえ」

カードを再び財布の中にしまう。

「そんなもん、お肉屋さんのポイントカードと一緒に入れるなよな」

「う、うるさいわね」

資格なんて所詮は資格なのよ。

「で、でしたら……かなりお値引きできますよ。え～と、これでどうです？」

提示されたのは、なんと半額以下の値段だった。

うん魅力的だ、とても魅力な値段なんだけど。

「ご、ごめんなさい、これ以上の値引きはさすがに……」

「い、いいのよ、仕方ないから、うう……」

それでもまだ手が出ない私、今の自分の懐事情が悲しい。

そんな私を見て店員さんが考える。

「あ、あの……でしたらせめて、奥の部屋で試しこぎをしてみますか？」

「い、いいのっ？」

「はい」

店員さんからの嬉しい提案。

「ケース内のは売り物なので無理ですが、実はうちのギルドでも業務用として一ついただいてますので……そちらでよろしければ」

「ぜ、是非っ！　是非お願いします！」

迷いなく提案に乗っかる私、ああ……今日は本当にいい日だ、ここに来てよかった。

アザンヌの新作を奥の部屋で試させてもらえることになり、案内された中の部屋でわくわく気分で待ち、数分後。

「こちらです、お待たせしました」

目当ての品を部屋へと運んでくる店員さん。傷つかないように慎重に机の上に置く。

その横には気を遣って彼女が用意してくれた何本かのすりこぎ。

「それと、こちらお試し用のルラル草です……お使いください」

「あ、助かります」

では早速お試しを……と、腕まくりしたところで。

作業を中断するようにギギギと扉の開く音がした。

「なんだリコリス、こんなところにいたのか。ここに書いている経費項目について、いくつか聞きたいことがあるのだが……」

現れたのは一人の若い男性、手には書類を持っている。

細めの体躯に高身長、年は二十代中頃の整った顔立ちの青年。

背中まで伸びた長い黒髪を、白い紐で一本に纏めている。

肌も白く傷や日焼けのあともない、一見女性と見間違えそうな風貌だ。

「テトロド、ギルド長」

「「ギ、ギルド長？」」

この人が薬師ギルドのトップ？　同じトップでも冒険者ギルドとは大違いである。

ちなみに今更ながら、彼女の名前はリコリスというらしい。

「ず……随分と若い」

「なぁ、どこぞの筋肉のおっさんのギルドとはすげえ違いだ」

「若い？」

私とクルトがぼそぼそ話しているのが聞こえたのか。

「ふん、くだらんな、実力があれば年齢など関係ないだろう」

鼻を鳴らすテトロドさん。

ごもっとも話だ。まぁ色々とやっかみなどもありそうなものだけど。

「で……なんだ、お前たちは？　見ない顔だが」

そう言って私たちを見る薬師ギルドのギルド長。

「あの、ギルド長、実はアザンヌの新作モデルの試しこぎをと」

「なに？」

テーブルに置かれたアザンヌの乳鉢を見て顔を顰める。

「お前が使うのか？」

「えと……そうですけど」

私を一瞥する薬師ギルド長、不愉快さを隠そうともしていない。

「まだ十代の小娘ではないか。背伸びするのはやめておけ、お前にはコイツはまだ早い」

むっか、初対面なのになかなか言ってくれるじゃないの。

実力があれば年齢はとか、偉そうなことを言っておいて。

「お、お言葉ながらギルド長、彼女は……」

「リコリスお前もだ。業務用とはいえ軽々と貸し出すような真似をして、一体何を考えている？

このアザンヌは玄人向けの高級モデルだ、多少薬学をかじった程度で使いこなせるものではない。

もし万が一壊れた時に責任が取れるのか？　始末書一枚ではすまないぞ。あの女は気難しい、一度そのようなことになれば二度と回してくれないかもしれん」

「あ、あの、ですから……」

リコリスさんの話を聞こうともせず、喋《しゃべ》り続ける薬師ギルド長。

そして私の方に向き直る。

「わかったな。とにかくお前にこれはまだ早い。さぁ、アザンヌから手を離せ」

せっかく用意してくれたアザンヌなのに。

とりあげるように、テーブルに手を伸ばす薬師ギルド長。

あああ……せっかく試せると思ったのに。

「……む？」

しかし、どういうわけか彼の手が中空で制止した。

途中で言葉を止め、何故か視線を下げたまま停止する。

「………」

「ど、どうしたんですか？」

様子がどうにもおかしい、私が戸惑っていると。

「う……美しい」

「は、はい？」

今、この人はなんて言った？

「……ふえ？」

アザンヌを取り上げようと手を伸ばしたのかと思えば、何故かその上を素通り。

自身の手を私の手の上にそっと重ねた。

（え？　……え？）

手から伝わってくる体温。

現状を理解する間もなく、そのまま顔を近づけてくる。

さらり、と私の頬を彼の長い黒髪が撫でた。

（ちょ……なに？　なんですか？　ちち、近い近い、近いって）

突然の距離感に大混乱する私。

「な、なな、なんという美しい指だ、なんという滑らかな関節」

「ひっ！」

私の指の間に自身の指を入れて一本ずつ密着させていく。

ゾワゾワと生理的な嫌悪感が……反射的に悲鳴をあげてしまう。

「あ、ああ、あんた、ロッテに何してやがんだっ！」

「ギ、ギルド長！　やめてください！」

慌てて彼を止めにはいるクルトとリコリスさん。

「薬師に適した各指の黄金比率、第一関節から第二関節までのカーブの描き方、完璧すぎる！　まるで神が作り出した奇跡の具現化！　ここまで美しい手は見たことがないぞっ！」

「ひいいいいいいいいっ！　クルト早く助けてっ！」

指の間で触手のようにうねうねと動く五指。

興奮しているのか、ちょっと汗ばんでいる。

いや、イケメンとか関係なくこんなの無理だって、恐怖しか感じない。

二人が私を助けてくれるまで、それは続いた。

「ご、ごめんなさい。うちのギルド長が……普段はとても優秀なんですが、このように時々、変人でして」

「い、いえ……」

リコリスさんがペコリと頭を下げる。というか彼女が謝ることでもないしね。

なんだろう、なんか穢《けが》された気分だ。

「……取り乱した。すまないな、美しい手の人よ」

「…………」

謝罪の言葉を述べる薬師ギルド長。

ちなみに現在はクルトに後ろからがっしりと拘束されている。

「後ろの男よ、離してくれないか？　もう大丈夫だ、冷静さを取り戻したからな。彼女に迫ることはしない」

「し、信用できるか」

きっぱりと拒否するクルト。

「許せ、別に下心があったわけではないのだ、彼女を見てたら衝動的に手が動いてしまっただけなのだ、あまりに魅力的だったのでな」

「お前……言っておくがそれ、痴漢の言い訳と同じだからな」

身動きがとれず。

わずらわしそうにクルトの腕を見る薬師ギルド長。

「ほう……お前もなかなかいい手をしているな、気に入った」

「む、無差別か、アンタ！」

悪寒がしたのか、クルトの身体が一瞬ぶるりと震えた。

とまぁ、そんな経緯があったわけだが……。

「先ほどは失礼した、心ゆくまで試してくれ」

「は、はい」

まったく、いきなり一体何事かと思ったわ。

お詫びもかねて存分に試させてもらえることになった。

「それと……済まなかったな」

「もういいですよ、さっきも謝罪は聞いたでしょう」

「そのことではない。先ほど『お前にアザンヌはまだ早い』と、失礼な発言をしたことだ。撤回させてもらう……すまなかったな」

「え？　……まだ、腕を披露してませんけど」

「見ずとも大体わかる。その手は数多の経験を積んだ薬師の手だ。何千、何万もの薬を作ってこなければ、そのような形にはならない」

「……」

さっきの姿はドン引きだったけれど。

薬師ギルドのトップに褒められてるんだから、きっと光栄なんだろう。

中断してしまった試しこぎの準備を進める。

アザンヌの乳鉢の中に乾燥させたルラル草を入れる。

「君の美しい手にかかり、すり潰されるのならルラル草も本望だろう」

「…………」

「できることなら私が代わってあげたいぐらいだ。植物に嫉妬したのは生まれて初めてだ、まったくなんという罪深い手か……」

お願いです。ちょっと黙っていてもらえませんかね？

時々、言っていることが絶妙に気持ち悪く、集中力を乱されてしまう。

リ、リラックスしないと、ふう……深呼吸、深呼吸。
気を取り直し、本来の目的を果たす。

「おお、おおお……」

ごりごり、ごりごり、ごりごりと……。

その感触に感動しながらすりこぎを回していく。

「想像以上に見事な動きだ、俺の目には狂いはなかった」

「ありがとうございます」

みるみるうちに、緑色の粉末になっていくルラル草。

「百点満点中……九十点だな」

「ん？　残り十点の不足分は？」

「減点は二つ。何回か少量ではあるが砕いた粉末が、空気中に浮き上がっていた」

それはつまり、無駄な力が入っているということ。

ルラル草なら問題ないが、調合素材によっては粉末が目に入れば失明の可能性もある。

私が普段眼鏡をかけているのも、そういった理由がある。

「まぁ余裕で合格点なんだがな、文句というほどでもない。正直言って俺の弟子の誰よりも筋がいいな」

「いやぁ……凄く軽いというか。今使っているのより、すいすいと腕が動くもので力加減が」

「ああ、旧モデルのアザンヌを使っていたのか？　だとしたら無理もないな」

納得した顔の薬師ギルド長。

しかし……この人凄いな。最初はただの変態かと思ったけどよく見ている。

「さて、もう一つの減点はなんだかわかるか？」

「う～ん、今の環境に適応できてない点ですかね」

「……ほう？」

少し考えて答える私。

よく気付いたと嬉しそうに笑う、テトロド薬師ギルド長。

「ではどう微調整する？」

「無風条件の調合ですし、この肌の感じなら六番、いやもう少し大きい七番サイズのすりこぎを使用した方がいいかな」

「良い答えだ。私も同じものを使うだろう、加えてこの気温と湿度、外的要因の変動条件の少ない室内環境ならば……うんたらかんたら」

二人であ～だ、こ～だ言いながら試していく私。

「わ、わかります？　二人の言っていること」

「さっぱりわかんないから、俺は最初から傍観者になると決めている」

「あはは……」

そんな私たちの様子をリコリスさんとクルトが見ていた。

「ありがとうございます、夢のような時間でした」

「気にすることはない、こちらとしても有意義な時間を過ごさせてもらった……美しい手の人よ」

薬師ギルド長に礼を言う。

新作のアザンヌを試させてもらい、ホクホク顔の私。

「まさか君のような才能溢れる若者が街に来ているとは思わなかった。また試したくなったらいつでも来るといい。歓迎しよう、美しい手の人よ」

「ありがとうございます、薬師ギルド長」

手を伸ばしギュッと親交を深める握手をする私たち。

「それは私の役職名だ……できれば名前で呼んでくれると嬉しい、美しい手の人よ」

「そ、そうですか、では……テトロドさん」

「ああ、それでいい……美しい手の人よ」

「……あ、あの、だったら私も名前で呼んでいただけませんか？」

外で会った時に、そんな叫び方されたら嫌だ。滅茶苦茶恥ずかしい。

「む、そういえばまだ名前も聞いていなかったな」

「えぇと、ロッテです」

「なるほど……覚えたぞ、しっかりとな」

今更ながら自己紹介をする私たち。

「……ん、ロッテ？　そういえば、その名前どこかで」

名前を聞いて考える素振りを見せるテトロドさん。

「確か、かのＡランクパーティ【紅蓮の牙】の薬師が、そのような名前だったような気がするな」

「えぇと、本人です」

自分から言うつもりもなかったけど、嘘をつくのもなんなので正直に言う。

「なるほど、それで聞き覚えがあったのか。王都の薬師ギルド本部の方でも噂になっていたからな。今年の特一級薬師の唯一の合格者が正規の薬師ではない、異例の女冒険者であったと……」

テトロドさんは半年前まで王都の方で務めていたそうだ。

ちなみに彼も特一級薬師の資格を持っている。

そうでなければこの若さで薬師ギルドの長になどなれないという。

「この目で君の腕を直接見て感じたが、やはり噂はまったく当てにならんな。巷《ちまた》では【紅蓮の牙】の寄生虫だのと言われているようだが、君が彼らの足を引っ張るとは思えん」

寄生とは、酷い言われようである。

「まぁ……元【紅蓮の牙】のメンバーなんですけどね」

「元だと？」

「ええ、パーティを抜けたんですよ、私たち……」

「え、本当ですかっ！　な、なんでっ！」

驚いた顔のリコリスさん。

順風満帆に栄光の道を真っすぐに走っていたはずのあなたたちが何故？　……と、彼女は思ったのだろう。

戸惑う二人に正直に話すことにする。どうせ遅かれ早かれ知られることだ。

「その、なんか聖女をパーティに入れるから私は要らないとか、そんなこと言われまして……」

「な、何を馬鹿なことを……特一級薬師を無能扱いするとは」

「いいんです、もう……」

不愉快そうに端正な顔を歪ませるテトロドさん。

過去のことにこだわるつもりもない、私は私の道を行くと決めた。

「あれ？　さっき私たちって？　じゃあもしかして、そちらの方は魔剣使いのクルトさん？」

二人の視線がクルトの方へ、注目を浴びてポリポリと頬をかくクルト。

「えと、まぁ……」

「へぇ、あなたが、あの鮮血の貴公子と呼ばれる？」

「ほう、鮮血の貴公子とな」

「ええ、戦場で血しぶきの中を魔剣を片手に鮮やかに舞う。彼の戦う場面は残酷ながらも美しい、それはまるで絵画の中にいるような……ゆえに、鮮血の貴公子と」

「ほう、凄いのだな青年、いや……鮮血の貴公子よ」

「お、俺も普通に名前で呼んでくれ、頼むから……」

二つ名で呼ばれ、もの凄く嫌そうな顔を見せるクルト。

ああいうのって気づいたら周りが勝手に名づけてるからね。

気づいた時にはもう遅く、本人の意思じゃどうしようもないんだよね。

「では、これで……」

「ああ、また来るといい」

話が盛り上がり、ちょっと長話をしてしまった。

二人に礼を言い、ギルドを出ることに……。

「あれ？　ロッテ、欲しいものがあるとか言ってなかった？」

「……あ」

クルトの言葉で思いだす。

そうだった、まったく何をやっているのか。私は買い物をしに来たんだった。

アザンヌに気を取られて本来の目的を忘れかけていた。

「私、新しい冬物の薬師ローブが欲しかったのよ」

「あ、ローブでしたらこちらですよ」

リコリスさんが、親切にローブ売り場の方に案内してくれる。

「ふむ……本当に面白い女性だな」

「……」

女性二人が去り、自然と男二人が残ることに。

マイペースなテトロドに対して、この空間に少し居心地悪そうな顔のクルト。

「で、君は何故彼女についてきたんだ？　【紅蓮の牙】という将来有望なパーティを抜けてまで」

「ロッテの実力はソッチもわかってるだろ？　彼女のいないパーティに未来はないと思ったし、その方が面白そうだったから」

「ふむ……嘘ではないが、本心でもないといった答えだな」

「さぁ、どうだろうな」

「……ふ」

背中の柱に寄りかかり、苦笑するテトロド。

「やれやれ、俺は嫌われてしまったかな？」

「そうは言わないが、ここまで好かれるようなことは間違いなくしていないよなぁ」

クルトが嘆息しながら呟く。

「先ほどの行為は職業病のようなものだ、忘れて欲しい。ま……一々理由を聞かなくても察しは付くがな。さっき俺から彼女を守った時の君の本気の目を見ればなんとなくわかる」

「………………」

「これはちょっとした、俺の勘だが……」

一拍置いて語りだすテトロド。

「遠くない未来、彼女の名は国中に広まる気がする。信じられんかもしれんがな」

「いや……そんなことはないよ」

「そうか。ある意味で【紅蓮の牙】の中にいるというのは都合のいい隠れ蓑になっていた面もある。あの若さであの実力だ。腕を知れば彼女を欲するものは多い。当然よからぬことを考える輩《やから》もな」

「……」

「真っすぐな暴力に、薬師は対処法を持たない。できることなら彼女を……」

「そんなの、アンタに言われるまでもないさ」

テトロドが言葉を最後まで紡ぐ前に、クルトが口を開く。

その返答を聞いて満足気に笑うテトロド。

「そうか、くだらんことを言ってしまった。失礼した……鮮血の貴公子よ」

「だから、その呼び名はやめろ。なぁ、わざと言ってんだろ？」

男同士でそんな話をしていると。

「こ、これアザンヌじゃないのか」

「すごい、本当だ！　凄く欲しいんだけど」

通りがかった他の客（薬師）がガラスケースのアザンヌに目を止める。

「本当に大人気の希少な商品なんだな、説明聞いてもよくわからなかったけど」

「ああ、だから願わくば彼女のような者に買って欲しかったところなんだが……こればかりはな」

「……この機を逃したらもう手に入らない、か」

少し考える素振りを見せるクルト。

「悪い……ちょっと相談いいか？　薬師ギルド長さん」


ローブを購入し、ホクホク顔で紙袋を抱えて薬師ギルドを出る。

昼食の時間になったので、クルトと適当な店で談笑しながらご飯を食べる。

ローブも思ったより安くしてくれて、とてもいい買い物ができた。

「なぁロッテ……偶には薬師ローブじゃなくて、窓の外で歩いている女の子が着てる服を買ったりしないのか？」

「どうせ、すぐ汚れるし……勿体ないもの、着るにしても今日みたいなオフの日ぐらいだしね。それにこの伸縮性のある薬師ローブは肌触りもよく普段着にもなるのよ」

フィールドワークも多く……調合すれば服も汚れる。

私の返答になんとも言えない顔で唸《うな》るクルト。

「……う〜ん、まぁ別に何を着ようがロッテの自由なんだけどさ」

「納得いっていない感じね。私がフリルのスカートなんて履いてお洒落しても似合わないでしょうに……」

「そんなことはないと思うけどな、俺は見てみたいよ」

「ふんだ、どうせクルトは笑うに決まっているわよ」

「いや、笑わないっての」

いいのよ、自分でわかっているからね。

それになんかもう……そういうのは自分でも今更というか。

「正直言って、お洒落目的で服買うくらいなら宝石買うわね」

「ほ、宝石?」

「うん、あれはとても素晴らしい物よ」

意外そうな顔で私を見つめるクルト。

ライトダイヤ、マジックルビー、ダークサファイア、お金さえあれば全部買いそろえたい。

「なに、宝石が何かの薬の材料になるとか?」

「そういうのじゃないわよ、私だって、薬学以外にもちゃんと興味はあるわ。それが自分とまったく関係のない分野だったとしてもね」

「へぇ……でもロッテは宝石なんてつけてないよな。単純に値段が高いから買わないとか?」

「それもあるけど、私が好きなのは宝石を身に着けて自身を彩ることじゃないのよ」

「ど、どういうこと?」

「好きなのは宝石そのものの美しさよ。つまり、純粋な観賞用ね、装飾品としてじゃない」

宝石自体の美しさ、あの輝き。

そして、その美しさを引き出す精緻極まる技術。素直に尊敬するわ。

現在の技術を作り上げた宝石加工に携わった職人たちを。

過去、何千何万回の失敗を積み重ねたことか……。

「私、知らない分野だとしても技術には必ず敬意を払うようにしているのよね」

「敬意？」

「ええ、あの美しく見せるための形取りの精密な計算、ほんの少し形が狂えば光の屈折現象が狂い、煌《きら》びやかさが損なわれるというのに……」

元は濁った誰も見向きもしない石。

それが研磨することにより強く輝きだしその存在を強烈に主張する。

「あ、ごめん……ちょっと何を言っているかわからないかな？」

「いや……なんとなくだけど、わかる」

クルトがぽつりと呟く。

「要するにそこに至るまでの背景とか経緯、全部ひっくるめて物の価値を見てるんだなロッテは……」

「ん、まぁそういうことね」

適格でわかりやすい表現だと思う。

「ああ、それにしても……素晴らしかったわ」

技術うんたらの話をしていたら思い出してしまった。

まだあの感触がこの手に残っている。

ああ……アザンヌよ、ここにいないアザンヌよ。

「見た目は殆ど同じなのに下部に厚みを持たせて、重心の位置をほんの少し変化させただけで、あそこまで作業が楽になるなんて……」

「思いっきり目を輝かせてたもんなぁ」

「うん。これまで使っていたものに、不満があるわけでもなかったんだけど……やっぱり一度知ると欲しくなってしまうわ」

「そっか……じゃあ、はいこれ」

クルトが足元の荷物袋から取り出したのは一つの箱。

「え……？」

「ほら、早く開けてみてくれよ」

言われるまま、その中を開けてみると。

「……え？　な、なんで？」

混乱する私だったが当然だ。

中には、ついさっきまでお店のガラスケースにあったはずの、新品のアザンヌが入っていたのだから。

「ど、どうしてっ！」

店の中だというのに、興奮して反射的に大きな声を出してしまう私。

「はは……驚いてくれたみたいだな？」

そんな私を見てクルトは悪戯に成功したかのような顔。

そりゃあ驚くわよ。ここにあるのは手に入らないはずの物。

欲しい欲しいと言っていた商品が今、私の目の前にあるんだから。

「俺からのプレゼントだ、受け取ってくれ」

「ぷ、プレゼントって……」

いやいやいや、ちょっと待ってよ。頭の整理が追い付かない。

「き、気持ちは嬉しいけど、さすがに受け取れないわよ。クルトはあの時隣にいたんだから、値段を知っていたはずでしょう！　いくらなんでもこんな高価なものは……」

「大丈夫だ、俺お金には余裕があるから……アーノルドほどじゃなくても【紅蓮の牙】で俺もそれなりには報酬を貰っていたからな」

そ、そういう問題じゃないと思うんだけど。

「それに今日を逃せば、もう手に入らないかもしれない道具なんだろ？」

「だからって限度というものが……」

「ロッテにプレゼントするって薬師ギルド長に伝えたらキチンと値引きしてもらえたしな、ロッテが使うならって喜んでいたぞ」

そ、そうは言われても……正直喜びよりも、戸惑いの方が大きい私。

「ちなみにだけど、当然返品はきかないから……」

「なっ！」

「悪い、やり方がずるいかもしれないけど。こうでもしなきゃロッテは絶対受け取らないだろ？」

「クルト？」

「俺が今日出したお金は、【紅蓮の牙】がこれまで稼いできたお金の一部だ」

声のトーンを一つ落とすクルト。

私を説得するようにゆっくりと語る。

「さっきさ、ロッテは技術には敬意を払うって言ったよな」

「え？　えぇ、まぁ……それが何よ？」

「俺は少し前まで知らなかった。同じパーティにいながらも、ロッテが特一級薬師の資格を取っていることすらもな」

クルトがとても真剣な顔で私を見てくる。

「ロッテが必死で培ってきた技術のおかげで、どれだけ俺たちのパーティが助かっていたことか。そんなロッテに対して俺は、俺たちは何一つ返してこなかった。俺はそれを知らなかったで誤魔化したくない」

「………」

「敬意を金銭に還元するつもりはないけど、当然なんだよ……これぐらいはな。ロッテが今まで俺たちにしてくれていたことを考えればさ」

「ク、クルト……」

う、やばい。なんかグッと来てしまった。

私、そんなに涙腺の脆《もろ》い人間じゃなかったはずなんだけど。

「だからほら……というか、ここで受け取ってくれなかったら俺、これをどうしたらいいんだよ？　マジで困るぞ」

ずずい、と返そうとしたプレゼントを押し返してくるクルト。

ここまでされたら、受け取らないのは失礼だろう。

「う……うん！　ありがとう、クルト」

「ああ」

アザンヌを大切に胸に抱きしめる私。

クルトのくれたプレゼント。

「こ、これをクルトだと思って、大切に使うからね！」

「いや……思わなくていいから普通に使ってくれ」

私は忘れないだろう、今日という、記念すべき日を……。

ギド村へ

ごりごり、ごりごりごり……。

「んふ、ふふふ……」

冒険者ギルドの一室、静かな部屋に響く笑い声とゴリゴリ音。

今日クルトにプレゼントしてもらったアザンヌの最新モデル。

薬師ギルドでも試したけど、まだまだ試し足りない……魔性の道具である。

これは最早麻薬に近い、一種の中毒性すら感じる。

いや、私限定かもしれないけど。

買い物を終えて部屋に戻ってから、私はずっとすりこぎを回していた。

料理手伝いで集めた冷蔵庫の素材（モツなど）もずっと中には置いておけないしね。

少しずつ処理していかないと一杯になってしまう。

ちなみに今朝、冷蔵庫を開けた料理長が中を見てドン引きしていたそうだ。

風邪を引いていたので、今日出勤するまで知らなかったのだ。

特に文句は言われなかったけどね。一応私、店長の代わりに働いていた恩人的扱いなので。

まぁ、お礼言われた時にちょっと頬が引きつっていたけど……すまぬ。

「ウラノスの葉をちょちょいと入れて～♪　サウンドバッドの羽骨に、お～湯をたっぷり注いで、

「混ぜ混ぜ混ぜ混ぜ混ぜまして〜♪」

調合中、テンションがあがって意味不明な歌を口ずさむ私。

素材を砕いて、すり潰して、ごりごりと。

うん、いい感触だ。ふふふ、やはりたまりませんね……この感じ。

と……楽しく作業をしていると、コンコンと部屋をノックする音がした。

「ロッテいる？　俺だけど」

「俺って誰かしら？　名を名乗りなさい」

「クルトだよ、ロッテのよく知る」

「なら入ってよし」

そんな冗談混じりのやり取りを経て、部屋に入ってくるクルト。

「それ、早速使ってくれてるんだな」

「ええ、素敵なプレゼントありがとね」

クルトが手元のアザンヌ（乳鉢）を見て呟く。

「喜んでくれて嬉しいよ。廊下まで変な歌が聞こえてきたし……」

「き、聞いていたの？　恥ずかしい……やだ」

「ふ、服に魔物の血をつけて顔を赤くされると、逆に怖いな」

まぁかなりミスマッチな光景だよね。

「あれ？　でもこの部屋あんまり血の臭いがしないな」

「一応、これでも換気とか気を遣っているのよ」

加えて今調合しているのも比較的臭いのしない素材。

ここはギルドで借りてる部屋だ、部屋に匂いを染みつかせたらまずい。

「厚意に甘えている身で贅沢なんだけど、もっと自由に使える部屋が欲しいわね」

「薬師ギルドで、専用の調合部屋があるって聞いたぞ」

「それしかないかなぁ……」

あそこは冒険者ギルドから少し距離があるし、わざわざ調合素材持っていくのが面倒だけど。

かといって外で調合すると血の匂いで魔物が寄ってくる可能性もある。

聖水を使うという手もあるけど、お金もかかるし本末転倒だ。

「それで、クルトはどうして私の部屋に？」

「ああ、そうそう……ロッテを呼びに来たんだよ。ゴンザレスさんが俺たちに依頼があるとかで話がしたいってさ」

「なに？　また講師の仕事とか？」

「いや……今回は俺も一緒みたいだから違う。まだ詳細は聞いていないんだけど、なんでも十分の一の確率が十分の三くらいになったとか」

「なにそれ？」

よくわからないけど、とりあえずゴンザレスさんに会うためにギルマスの執務室へ。

ドアを開けると机に向かって一生懸命仕事中のゴンザレスさん。

手元の紙から顔をゆっくりと上げる。

「お、来たか」

「ええ、なんか私たちに頼みたい仕事があるとか……」

「おう！　と……悪い、あと十分だけ待ってくれるか？」

「え、えぇ……いいですけど」

「すまねえな、こっちから呼んでおいて。残った仕事を片づけちまうから、その後、下で夕飯でも食いながらゆっくり話そうぜ」

私たちは邪魔しないように椅子に座って待つ。

黙々とデスクワークに励む、筋肉むきむきのタンクトップ姿のおじさん。

にしても、書類整理している姿がこれほど似合わない人もいないわね。

ゴンザレスさんの仕事が一段落するのを待ち、酒場へと移動する私たち。

各自で夕飯を注文、酒豪のゴンザレスさんは酒のつまみにリトルクラーケンのわたを頼む。

「ゴンザレスさん、よくそんな癖のあるもの食えるな……」

「何言ってんだ、この苦みがたまんねえんだろうが。こいつの良さがわかんねぇとは……体はでかくなってもまだまだガキだな。ロッテの嬢ちゃんを少しは見習え、臓物大好きだから」

「そりゃそうだけど」

「い、いや……色んな薬の素材になるけど、別に特別好きじゃないんだけど」

い、言い方が最悪なんですけど。

「二人は今日、薬師ギルド長に会ったんだって？　テトロド……変な男だったろ？」

「ええ、それはもう……個性的でした」

「だろう？　ギルドのトップって本当変な奴が多いからな」

「「確かに……」」

はもる私たち。多分クルトも同じことを考えているんだろうな。

ちなみに冒険者ギルドと薬師ギルドは密な関係。

冒険に怪我はつきもの、薬師ギルドにしても薬を卸すお得意様。

また、その薬のベースとなる素材を冒険者が採取するわけだからね、両者の仲は悪くない。

適当にお腹を満たしたところで本題に入る。

「で……俺たちに頼みたいことがあるとか？」

「ああ、そうだ」

クルトがゴンザレスさんに尋ねる。

「以前話した魔剣の見つかった薄暮の迷宮の件なんだがな」

「あの話か……そういえば調査隊の話はどうなったんだ？」

「勿論送ったぞ」

今日調査がひと段落して戻ってきたらしい。

「調査した結果わかったのは、ダンジョンに生息する魔物の数が激減していたということだ」

平時の半分以下の魔物出現数らしい。

大きな街道などでは道中の安全を確保するために、周辺の魔物の討伐依頼が出されることもある。

だが、薄暮の迷宮に関してはそういったクエストが出されたこともない。

何かしらの要因がなければこれだけの数の変動はないはずだ。

「魔物以外にダンジョン内部で異常は？」

「まだ見つかっていない。少なくともここ数日間調査した限りではな」

送られたのはCランクパーティ。過去に薄暮の迷宮に挑んだこともあるベテランパーティらしいのだが、はっきりとした原因までは突き止められなかった。

「それと……もう一つ気になる話があってな。調査隊は薄暮の迷宮近くにあるギド村をベースに活動していたんだが、村でここ最近体調不良を訴えるものが続出している」

「体調不良？」

「ああ、原因不明のな。そこまで重い症状が出ているわけでもないんだが、ダンジョンの異常と何か関連があるかもしれない」

死者などが出ているわけでもないが、日に日に増えているそうだ。

調査隊ではさすがに症状の判定までは専門外で、引き返してきたそうだ。

「で、村の方からも正式に調査依頼がきた。二人には明朝ギド村に向かってもらいたい」

「原因を探ってきてくれ……と」

「ああ、ロッテの嬢ちゃんはその手の専門家だしな。途中もし荒事になったとしてもクルトがいれば大概は大丈夫だろう。急だが……頼めるか？」

少し考える私。

「調査手段などは私たちの自由にしていいんですね？」

「ああ、現場の判断に全部任せる」

それならかなり動きやすい。

「……と、ごめん。勝手に私が話を進めちゃったけど、クルトもいい？」

「勿論いいよ……久しぶりの冒険者仕事だ、腕が鳴るよ」

偶には動かないと、色々と勘も鈍りそうだとクルトが言う。

「二人とも助かるぜ。あと、さすがに二人だけで全部調査するのは大変だろうから、サポートメンバーを用意しておく」

それからいくつかの仕事の打ち合わせを終え、翌日の準備をして眠る。


朝起きて支度をして、クルトと一緒にギルドを出る。

ギド村に向かうため、街の門に向かうとそこには……。

「来た、クルトさんだ！」

「も、もうヤト。きちんと挨拶しないと……」

ぶんぶんとこっちに手を振るヤトと、それを諫《いさ》めるイーシア。

この街に来て縁のできたEランクパーティ【疾風】。

魔剣使いのヤト、大楯持ちのシルド、魔法使いのイーシア。

なるほど、昨日ゴンザレスさんが話していたサポートメンバーは彼らのことか。

薄暮の迷宮で魔剣を見つけたパーティだし、ダンジョンの地形も把握している、今回の情報収集にはうってつけだろう。

懐いたペットのように大急ぎでヤトがこっちに駆け寄ってくる。

憧れのクルトと依頼を受けられるとあって、元気一杯のヤト。

「こ、今回はよろしくお願いします。ロッテさん、クルトさん」

「よろしく先生、クルトさん」

「ああ、三人ともよろしく」

「こちらこそ」

握手をして簡単に挨拶を交わす私たち、一瞬、シルドに先生と言われて躊躇《ちゅうちょ》したけど。

合流し、そのまま五人でギド村へと出発する。


リムルの街から村まで徒歩で半日、朝早く出て夕方には着く計算だ。

たいした距離でもないので、そこまで大掛かりな荷物は必要ない。

気軽なもの……のはずなのだけど。

「あ、ああ、あ、足を引っ張らないように頑張りますので……」

「ど、どうしたのイーシア？」

何故かガチガチの状態、右足と右手が一緒に出ている。

「そんな緊張しなくていいわよ、気楽にいきましょ」

「は、はい」

まだ魔物の一匹も出てきていないのに。

そんな気を張り詰めていたら、歩くだけで疲れちゃうわよ。

「ねぇシルド、イーシアは普段からこんな感じなの？」

「いや……そうじゃないんだけど、なんというか」

シルドに小声で聞いてみると、少し考える素振りを見せる。

「いや、正直に言った方がいいか……先生ごめん、実は俺たち聞いたんだ。ギルドマスターに先生とクルトさんが【紅蓮の牙】のメンバーだったってこと」

「す、すいません」

「いや、別に謝ることでもないけれど」

頭を下げるイーシア。

まぁ同じ仕事を受けるんだし、相手の簡単な経歴ぐらいは聞くわよね。

というかそれが普通で、知ろうとしない方が問題である。

「【紅蓮の牙】が隣のルルブの街に来ているのは聞いていました。クルトさんの名前と、街門での鮮やかな魔剣の制圧手腕、もしかしたらとは思っていましたが……」

まぁ、隠していたわけでもないしね、

名前が売れていると色々と面倒なこともあるし、おおっぴらに言うつもりもないけれど。

「えぇと、それで緊張しているわけ？」

「みたいだ」

「ご、ご一緒できて、こここ、光栄です……べ、勉強させていただ」

「もう、元Aランクパーティなんだし、気にしなくていいのに」

そもそも二つ名とかついて、有名なクルトはともかく私なんて寄生虫とか言われたくらいだしね。

「ほら、イーシアもあんな感じでいいのよ」

私は前を歩く二人を指差す。

「クルトさん！」

「なんだ？」

かちこちなイーシアに対し、前方からは元気な声。

「せっかくだし、記念にこの合同パーティの名前をつけようと思うんだ！」

「名前？　なんでもいいよ……好きにすればいい」

「へへ、そっか……どうしようかな」

テンションたっかいなぁ……ヤト。

対して、ちょっと面倒そうな感じのクルト。

「じゃあ俺とクルトさんの名前を合わせて、ヤクルトはどうかな？」

「却下で」

何故混ぜた？　しかし、反応が三者三様で面白いくらい分かれてるわね。

割と通常通りのシルド。萎縮するイーシア。興奮気味のヤト。

そんなやりとりをしながら、私たちのギド村への旅は始まった。


街を出て一時間が経過、道中を進んでいく。

村はリムルの南東、スタン山脈の麓《ふもと》にあり、山の中腹には薄暮の迷宮の入り口が存在する。

リムルの街とギド村の間を挟むように森が広がっており、鬱蒼《うっそう》と茂る木々の中を進んでいく必要がある。

森の中なので街道のように整備されているとは言えず、魔物もそれなりに出る。

パーティの陣形は前方に剣士のヤトと盾使いのシルド。

真ん中に薬師の私と魔法使いのイーシア。

不意打ちなどを受けないように、最後尾にはクルトといった配置である。

実は少し前までヤトとクルトの剣士コンビが先頭にいたのだけど……。

今から三十分ほど前にこんなやりとりがあった。

『ブモオオオオッ‼』

「出た、レッサーオークだっ！」

森の中に轟《とどろ》くオークの咆哮、急ぎ武器を構えて臨戦態勢に入る【疾風】のメンバー。

ドタドタと大きな足音をたてて突進してくるレッサーオーク。

「イーシア、けん制の魔法をっ！」

「わかったわ！」

仲間の指示を受けて魔法の魔法発動準備に入るイーシア。

杖を構え、イーシアの周りを覆う青い魔力光。

「くらいなさい！　ファイ……」

「ふっ！」

クルトが剣を一閃《いっせん》。飛んで行った斬撃により、あっさりと真っ二つに両断されるオーク。

けん制もへったくれもなく、一瞬で終わる。

「な、あ……」

「すげえええええっ！」

呆然とするシルドと、目を輝かせるヤト。

「ふぁ……ふぁい、あぼ……」

魔法を中断し、口をパクパクさせるイーシア。

ファイアボール、威力は小さいながらも小回りが利いて発動も早い便利な初級火魔法のはずだが、完全に見せ場を失ってしまった形だ。

まぁ、これも一回ぐらいならよかったのだが……。

「出たっ！　キラービーだっ！」

「ふっ！（飛んでいく剣閃）」

「イビルアントだっ！」

「ふっ！（飛んでいく剣閃）」

こんな感じで魔物が何匹、出てきてもなんのその。

クルトが全部の魔物をあっさりと片づけてしまう。

「「……」」

「どうした？　とっととはぎ取って、先に進もう？」

淡々と呟き、魔物を倒して進むクルト……こんなことが何度も続いた結果。

「クルト……ちょっとこっち来なさい」

「なんだ、ロッテ」

これはまずいと彼を手招きする私。

何故呼ばれたか、クルトはわかっていない顔。

「ちょっとやりすぎ」

「うん？」

道中の魔物も大事な冒険者の収入源である。

狩った魔物の素材ははぎ取って売るつもりだ。

全部は持っていけないが、せめて高く売れる部位ぐらいは。

先日の事件で罰金を払うことになった【疾風】は金欠気味だし報酬が欲しい。

で、一匹二匹ならともかく、他人の狩った魔物の素材を片っ端からはぎ取るのはさすがに罪悪感が湧く。

「その、悪かったな……そこまで気が回らなくて」

「い、いえいえ……私たちの勝手な事情ですから」

「いい動きの勉強になったし俺は全然！」

「体力を温存できたと思えば……」

気を遣われるクルト、そんな感じで後ろにさがることに。

「失敗した」

「ま、【紅蓮の牙】の時と立ち位置が全然違うから、しょうがないわよ」

クルトがポリポリと頬をかく。

「どうにも慣れないな。なんかこう魔物と戦闘に入ると、反射的に身体が動いてしまうというか、隙あらば切っとけみたいな癖が染み付いてる」

殺人鬼みたいに、なかなか危ないことを言っていた。

「でも、さっきのクルトさん凄かったです。剣士って後衛もこなせるようになるんですね」

隣を歩くイーシア、女同士二人で雑談しながら歩く。

先ほどのクルトの戦闘シーンを思い浮かべているようだ。

「あれを剣士の一般の基準にするのはどうかと思うけどね」

「一般の基準？　……あ、そういうことですか」

ポンと何かを閃いたように手を打つイーシア。

「あの剣閃の衝撃波はクルトさんの魔剣の能力だったんですね？」

「ん？　違うわよ、今クルトが使っているのは普通の剣よ」

「え？　ふ、普通の剣？」

驚くイーシア。魔剣はいくつかの形態を取れる。

常に剣の形を取っているわけじゃない。

先日ヤトの魔剣ランチュラの刀身が伸びたように変形する。

クルトの魔剣も使用時は剣の姿を取るが、今は腕輪となっている。

まぁ自由に形態変化するにはかなり修練が必要らしいけど。

そもそも魔剣はとにかく目立つ。魔剣士ではあるがクルトの基本武器は通常の長剣で、特に必要な場面でなければ実体化はしない。

「ま、うちは遠距離攻撃する人がいなかったからね。クルトが頑張って新技を編み出したのよ」

「ど、努力でどうにかなる問題なんですか？」

厳密にはアーノルド（勇者）がいくつか魔法を使えたけど。

困ったことにバンバン前に切り込んでいくもんだから、意味がない。

武道家のアンツはともかく、勇者が積極的にインファイトとか……おかげで私がポーションをどれだけ作ることになったか。

これはまずいと思ったのか、残ったクルトがいつの間にか遠距離攻撃が可能なまでに成長した。

結果、オールレンジでいける剣士ができあがった。

飛ばす斬撃は攻撃力は低いが、けん制にも使えて便利と話していた。

威力が低いといっても、クルトの腕もあり相手が低レベルの魔物であればあの通りだけど。

「でも確かに、あれなら魔法使いや狩人がいなくてもパーティが回りますね。いつかヤトもできるようになるんですかね？　私も役割を奪われないように精進しなくちゃ……」

「どうかしらね？　そんな一朝一夕で身につくようなものじゃないと思うけど」

少なくとも【紅蓮の牙】でアレを習得できたのはクルトだけだった。

「私も興味があったから一度クルトに話を聞いてみたんだけど、内容が意味不明だったわ」

「ロッテさんが……ですか？」

「ええ、本人曰く、剣と空気の呼吸を一致させれば斬撃を飛ばせるらしいけど」

「……な、なんですかソレ？」

「ね、よくわかんないでしょ」

ポカンとするイーシア、まぁそんな顔になるわよね。

私も同じ反応だった。

クルトって感覚派だから、説明聞いてもよくわからないのよ。

「そもそも、空気の呼吸ってなによ？　空気は呼吸の中で出し入れするものでしょうが、もっと具体的な内容を提示しなさいってのよ。現象発動に求められる必要パラメータは何？　もっと他にあるでしょ、その日の天候とか？　気流速度とか？　切断面の角度における空気抵抗値とか……『風の声を聴けばいい』とか訳わかんないこと言ってないでさ」

「え、えぇと……」

怒涛の長い台詞に困惑するイーシア。

ちょっとした愚痴のようになってしまった。

「黙って聞いていれば、酷い言われ様だな……おい」

後ろで聞いていたらしいクルト。

顔を顰め、納得いかない顔で会話に混じってくる。

「ロッテに意味わかんないとか言われたくないぞ。この前、関係ない分野でも技術には敬意を払うって言ってた癖に……なんだ、それ？」

「いや、勿論凄いとは思うんだけど、意味不明すぎるんだもの」

「俺からすればそっちの薬も意味不明だぞ」

「どこがよ、私の調合技術はちゃんと理論立てされているのよ、そっちは違うでしょ？」

私のはきちんと知識があれば理解できる類だ……と、自分では思っている。

「め……ロッテは深く考えすぎなんだよ」

「ねぇ今、こいつ、めんどくさいなと言おうとしたでしょ」

「はは、まさか」

こんにゃろう、適当に笑って誤魔化すクルト。

「…………くす」

　そんなやり取りを聞き、何故か笑みを見せるイーシア。

「え、なんで？」

「どうして俺たち、笑われてるんだ？」

「あ、す、すいません……つい、お二人の反応が面白くて」

　慌てて謝るイーシア。

「感覚派のクルトさんと、合理的に考えるロッテさん、考え方がこう本当に対称的なのに、外から見るとうまくピースが嵌まっている感じがするのが不思議というか」

　イーシアが言う。

「まぁ、別にどっちが正しいというわけでもないしね」

「だな」

　さっきクルトも言ったけど、私は考えすぎる時がある。

「実際は適当にやった方がうまくいくのもよくある話。何事にも性格的な向き不向きはあるでしょうしね」

「そうだな、逆に俺が薬の調合なんてしたら、このぐらいでいいかで済ませそうだ」

「りょ、料理の調味料じゃないんだからさ」

　薬の調合でこのぐらいとか、一番やっちゃ駄目なパターンである。

「お～い、イーシア、こっちに来て解体手伝ってくれ！」

「あ、ごめん」

前にいる仲間に呼ばれパタパタと走るイーシア。

そんな会話をしながらも進んでいく。

時折。魔物が出たら【疾風】メンバーをサポートして。

そして夕方、私たちは無事に目的地のギド村に辿り着くことができた。


移動で少し重たくなった足を動かし、私たちは村の中へ。

夕方、赤く染まった空の下、村に建てられた木造家屋がずらりと並ぶ。

村中央の広場では、焚火をしながら村人同士で談笑している。

よく言えば自然豊かな、悪く言えばちょっと田舎の村という印象。

適当な村人に話しかけて、ここに私たちが来た事情を説明。

以前、別の冒険者が調査に訪れたこともあってか、村人は村長の家へとスムーズに親切に案内してくれた。

村長の家に入ると、白髪の老人と四十くらいの男性が出迎えてくれた。

「わたしはギド村の村長、ギドルと申します、こちらは息子のギドラ」

「はじめまして、私は冒険者ギルドより派遣されてまいりましたロッテです。こちらがクルト、それから彼らはパーティ【疾風】の……」

パーティを代表して私が前に出て、簡単な自己紹介を兼ねた挨拶をする。

村長の名前と村の名前が似ているが、偶然ではないそうだ。

百年ほど前に、この土地に移り住んだ開拓民のリーダーがギドさんという今の村長の先祖で、そのまま村の名前となったらしい。

「おおよその状況はすでに冒険者ギルドで聞いているかと思いますが……」

状況説明に入る村長さん。

話はゴンザレスさんから聞いた内容と相違ない。

「ダンジョン魔物の急激な減少、私も長いこと村に住んでおりますが、このようなことは初めてです。この状況が長く続けば村の死活問題にもなりかねません」

この村は森で取れる良質な木々を利用した工芸品や、薄暮の迷宮の魔物の素材を売却して収益を得て生計を立てているそうだ。

魔物減少により収入も減っている。

魔物が多すぎても問題だが、魔物が少なすぎてもそれはそれで問題。

最初は今より楽観的に考えていたそうだけど、時間経過しても魔物の数は戻らず、数日前の調査で危機感が強まり、冒険者ギルドに正式に調査依頼を出すことになったそうだ。

「どうかよろしく、お願いしま……ごほっ！」

「お、親父っ！」

途中でせき込む村長さん。

息子さんが、心配そうに村長の背中を優しくさする。

「親父……大丈夫か？」

「ああ……と、失礼しましたな」

「いえ……あの、よければ後で私が診ましょうか？」

「え？　あ、あなたはもしかして薬師なのですか？」

「ん？　……ええ」

どうしてか、薬師と聞いて少し困惑気味の村長さん。

「病気についても事前にリムルの街のギルドマスターから聞いていたので、私がギルドから派遣されたのです」

「そ、そうでしたか……」

気まずそうな顔を浮かべている、その予想外の反応に少し戸惑う私たち。

「その、もちろん、見ていただけるのはありがたいのですが、治癒については先日、教会の方にも派遣依頼を出していまして……」

「え、教会？」

「ええ」

冒険者ギルドと教会で仕事が重複してしまった形のようだ。

正直言って……意外だ。王族や貴族といった身分のある者ならまだしも、普通は患者を連れて聖女や神官のいる神殿などに向かう。

回復魔法を使える者は少ない。

聖女や神官の方からわざわざこんな村に来るとは考えにくい。

「誰か、教会に伝手でもあったんですか？」

「ええ一応知り合いが、アンジェリカという聖女なんですが……」

「アンジェリカ……あ、アンジェリカって、え？」

その名に該当する聖女は一人いるけど、彼女は……。

「なぁロッテ……アンジェリカって七聖女の一人がそんな名前じゃなかった？」

私も彼女のことが思い浮かんだ。

「あの、まさか……アンジェリカって方、慈悲の聖女とか呼ばれていません？」

「えぇ、そんな風に呼ばれているみたいですね。ご存じでしたか？」

「ご、ご存じもなにも……」

まさか……そんな大物がこんなところにくるなんて。

一口に聖女と呼ばれているが、教会に所属する聖女には能力や貢献度によって階級が存在する。

見習い聖女、聖女、上聖女……といった感じで階級があがる。

ゴンザレスさんから聞いた話では【紅蓮の牙】に加入したメアリーが上から二番目の上聖女だと話していた。

今回のアンジェリカはその上、聖女の階級の最高位に位置する大聖女。

そして七人いる彼女たちのことを七聖女と呼ぶ。

「なんで、そんな大物がこの村に？」

「里帰りですね」

「そ、そうですか」

すごく普通の理由であった。

「実は彼女はこの村の出身でして……それで、手紙で事情を知った彼女が来てくれることに」

「なるほど、それでアンジェリカさん（聖女）はいつ頃街に来られるので？」

「はい、手紙では明日着くと……」

村長と、そんな話をしていると、パカラパカラという蹄《ひづめ》の音。

ヒヒィン！　……と家の外から馬が鳴く声。

「ただいま、ギル爺！　……帰ったぞ！」

間もなく、バタバタと物音を立てて入ってきたのは一人の女性。

年齢は二十くらいだろうか。

切れ長の瞳に、背中まで伸びた鮮やかな青髪が特徴の美人さん。

白銀の鎧と装飾の派手な剣を身に着けており、背は女性にしては高く百七十近くはありそうだ。

「おお、帰って来たか！」

「アンジェリカ！」

「ああ、二人とも、久しぶりだな！」

嬉しそうに村長さんと息子のギドラさんが立ち上がる。

（……え？　この人が大聖女《アンジェリカ》？）

くったくなく、楽しそうに笑う女性。

この容姿の対極をいく、男みたいな口調の人が慈悲の聖女？　その姿に呆気《あっけ》に取られる私たち。

「まったく……相変わらず騒がしいなお前さんは」

「教会に行って立派になったかと思えば、悪ガキだったあの頃のままだ」

「そんな簡単に性格が変わるかよ……どこに行ったって俺は俺だ。ギドルのおっさんは老けたみたいだけど」

「はは、ほざけ」

楽しそうに語らう三人。しかし本当に驚いた……この人が七聖女の一人か。

聖女なのに、俺とか言っちゃってるし、別にどんな言葉遣いをしようが本人の自由だけど、滅茶苦茶違和感があるわね。

それに、格好からして聖女というより騎士という感じ。

「早かったな、手紙では明日到着の予定ではなかったか？」

「早く村に行きたかったから、馬に回復魔法をかけてすっ飛ばしてきた。皆が心配だったしな」

そう言い、心配そうに村長さんを見つめる大聖女《アンジェリカ》。

「もうちょっとだけ我慢してくれな……明日には広域回復魔法陣を……て」

話を切り出そうとして、視線がこちらへ。

今更ながらに私たちの存在に気付いたようだ。

「珍しい、客がいたのか……誰だお前ら？」

「おいおい、手紙に書いてあっただろう？　こちらは今回の異常を調査しにきてくれた冒険者の方々だ」

「ふぅん……なるほど」

軽く品定めをするような視線、大聖女《アンジエリカ》に見られてちょっと緊張する私たち。

特にイーシアとか顔が強張ってる。

「……ん？」

最初はそこまで私たちに興味なさそうな素振りだったけど。

何か、気になることでもあったのか目を細める。

「一人……いやな臭いが混じっているな」

臭いって……猟犬か、この人。

「……そこの女」

「ん？　私」

大聖女《アンジエリカ》の視線が私のところに注がれる。

え、ちゃんと清潔にはしているつもりなんだけど。

あ！　旅で汗かいたからかな。いやでも皆そうだよね……体を拭く時間なんてなかったし。

私の汗だけ臭うとかちょっとショックなんですけど。

「魔物、植物、色んな生物をごちゃ混ぜにしたような不快な匂いが手に染みついてる。お前……薬師か？」

「え？　あ……そうですけど」

どうやら意味合いが違ったようだ。それが、よかったのかはわかんないけど。

「……ちっ」

ていうか……いきなり舌打ちされたんですけど。

綺麗な顔が一転、おもいきり眉間に皺《しわ》を寄せるアンジェリカ。

私と彼女は初対面のはず、特に恨みを買ったような覚えはない……と思う。

「ちっ、ちっ」

「……」

舌打ちの連発。変なプレッシャーをかけてくる。

ていうか、品がなさすぎない？

この人本当に聖女なの？　同名の別の人なんじゃないの？

が、柄悪いわね。確かに薬師ギルドと教会は仲がいいとはいえないが……。

それだけで、こんなになる？

（あ……でも、慈悲の聖女って確か）

ここでふと、昔少し聞いた話を思い出す。

教会きっての武闘派な聖女で、理由はわからないけど。

もっとも薬師嫌いで有名な聖女だったことを……。

（はぁ……もう、恨むわよ、ゴンザレスさん）

心の中でため息をつく私。

気軽に引き受けたけど、なんとも面倒な依頼になりそうなだ。

「「……」」

さっきからずっと敵意を隠そうともせず私を睨む大聖女《アンジェリカ》。

ここで視線を逸らしたらなんか負けな気がしたので、彼女の目を真っすぐ見返す。

二人の視線が交錯する。

「おい……てめえ、何さっきから見てんだ、喧嘩売ってんのか？」

「いや、見てんのはそっちでしょ……」

「あぁん？」

なんという理不尽な女だ。

「こらアンジェリカ！」

「さっきから見ていれば、彼らにあまりにも失礼だろう」

「ふん」

いくら大聖女とはいえ、無礼極まりないと止めに入る村長親子。

「ち……とにかくあれだ。俺がいる以上、薬師はこの村に必要ない……わかったら、出ていけ」

「ふぅ、しょうがないですね」

「ロッテ？」

「ロッテさん？」

あっさりとした私の反応に、戸惑うクルトとイーシア。

「ギドル村長、一応確認したいのですが……」

「は、はい」

「現時点で重篤な方はいないんですよね？　例えば意識がないとか、酷い高熱の症状があるとか、そういった」

「え、ええ……皆私のような症状です。咳や微熱のようなだるさはありますが……」

「そうですか」

まぁそれぐらいなら、今は大丈夫か。

一日で状態が急変する可能性はゼロとは言わないけど、そこまで高くないはず。

「では私たちは宿に戻りますので、また何かありましたら教えていただければ」

「お前……話を聞いていなかったのか？　俺は村を出ていけと言ったんだよ」

「聞いていますよ。ですので、治癒についてはアンジェリカ様にお任せします」

そう、回復魔法のエキスパートである彼女に……だけど。

「ですが、私たちのメインの仕事はあくまでダンジョンの異変を調査すること、ここで村を出る理由はないです」

「……」

「それと、村民の治療についてはお任せしますが、魔物やダンジョンの件と今回の病状、何かしらの関係も見つかるかもしれませんからね。せめてお話はしっかり聞かせていただかないと」

「あ〜、あれだ……お前、面倒な女だな」

貴方も負けてはいないと思いますけどね。

言うともっと面倒になるので黙るけど。

「なんだか私、薬師ってだけで随分と其方に嫌われていますね」

「そりゃあ嫌うさ。病気で思考力の鈍った人間に対し幻の希望をチラつかせ、効くのか効かないのか、よくわからない薬を高い金で売る録でもない連中だ」

「そういう薬師がいるのは否定しないけど……」

大聖女《アンジエリカ》がまるで親の仇でも見るかのように、吐き捨てるような視線を送ってくる。

当然、あまり気持ちはよくないわけで……ちょっと言い返したくなる。

「でも、それを言ったら教会だって同じでしょう?」

「なに?」

「教会の治癒院の料金設定は各支部員の裁量に任されている。それを利用して、たいした病気でもないのに不安を煽り、高位魔法で治癒して高額な魔法使用料を請求する聖女や神官は大勢いる」

淡々と告げる私。

「綺麗事ばかりじゃ世の中は回らない」

「……」

悪意を肯定はしないけど、多少の嘘や欺瞞《ぎまん》は世界の歯車の潤滑油にもなる。

「それがわからないほど、お互い子供でもないでしょうに」

「はは、面白いな、お前……ふっ！」

私が挑発するように言った瞬間、彼女の姿が消えた。

「ロッテさんっ！」

「きゃあああっ！」

巻き起こる一陣の風。瞬きする間に大聖女《アンジエリカ》の剣が私の顔の前に。

あと一歩、彼女の足が前に踏み込んだらこの首は胴体とオサラバしていただろうが……。

「そこまでだ、それ以上近づけばたとえ相手が大聖女でも容赦はしない」

「へぇ……」

アンジェリカの喉元にはクルトの剣が突き付けられ、静止している。

「お前……強いな、よく咄嗟《とつさ》に反応できたもんだ」

「そいつはどうも」

「ふん、そう怖い顔をするな。ちょっとビビらせようとしただけだ。お前ほどの腕なら殺気が込められていたか、わかるだろ？」

クルトを見て、楽し気に頬を釣り上げるアンジェリカ。

ゆっくりと自身の剣から手を離す。

「ありがと……クルト」

「ん」

止めてくれたクルトに礼を言う私。

「なるほど、こんな達人が傍で守ってくれるなら強気にもなるか」

「おい、ロッテは……」

「いいわよクルト、気にしないで」

ちょっとだけ、熱くなりすぎた。

それに、本格的に彼女や教会と事を構えるのはさすがに面倒だ。

「あ、アンジェリカ様っ！」

「どうして、お一人で行ってしまわれるのですかっ！」

扉から現れたのは彼女のお付きの聖騎士らしき人物。

はぁ、ふぅ……と、息を切らしながらやってくる。

なんで立場のある大聖女《アンジェリカ》が一人で行動しているのか不思議に思っていたけど。

なるほど、一人で先行して来たのね。

漂う緊張感、とっとと退散した方がよさそうね。

「申し訳ありません、このような形になってしまい……」

「いえ」

深々と頭を下げる村長。

いくつか、気になった村人の細かい病状などを聞いたあと。

「ほれ……もう十分だろ、わかったら、とっとと向こうにいけ」

「はいはい」

言われなくても出ていくっての。


話を聞いたあと、村長の家を出て村の宿へ。

クルト、ヤト、シルドの男性三人。私とイーシアの女性二人に分かれて部屋をとった。

「だ～疲れた」

ボスンとベッドに前のめりに倒れる。

さっきも色々あったし、たった半日とはいえ、移動の疲れもないわけじゃないしね。

部屋に荷物を置き、少しのんびりした時間を過ごす。

ダンジョンの調査は明朝から開始するつもりだ。

「あぁもう、めんどくさい」

「まさか、かの大聖女がここに来るとは思いませんでした。一触即発の空気で、横で見ていてハラハラしましたよ」

まったくよ……あの野蛮女め、あれのどこが大聖女なのか。

ただの因縁つけてくるチンピラじゃないの。

あそこまで癖がある人物とは……。

「それにしてもロッテさん。あれだけ敵意を向けられて、よく堂々としていられましたね」

「ま、慣れよ慣れ」

それに、あの女の言葉を認めるようで癪《しゃく》だけど、クルトが近くにいてくれてよかった。

私じゃ強硬手段を取られたら対応できないしね。

正直、今回の依頼で彼の力が必要になるとは思わなかったけど。

魔物より人間の方が面倒くさいとは……。

「でも、先ほどの話は本当によかったんですか？　ロッテさん？」

「無理に動いて教会と事を構えるわけにもいかないしね。こういうこともあるわよ」

イーシアと部屋のベッドにごろんと寝転がりながら会話する。

現場の判断に任せるってゴンザレスさんの言質もとってある。

特に咎《とが》められることはないだろう。

「さっきもいったけど魔物の調査依頼はともかく、治療についてはゴンザレスさんが気を利かせただけで、正式な依頼を受けたわけじゃないから」

「……確かに」

しかも相手は教会の大聖女だ。

ここで私たちが出しゃばり、教会の仕事を奪うような真似をすれば絶対に状況がややこしくなる。

状況や症状を見るに緊急の案件でもなさそう、村長の方から教会に頼んだわけだし、横取りされたのとも違う。

村の人たちも同じ村出身の彼女の方が仕事を任せやすい。

「でもかの慈悲の聖女がいるなら、まず心配はいらないですね」

「ふん……絶対はないわよ」

「もしかして……何か気にかかる点でも？」

「え？　ああ、いや別に、そういうわけじゃないんだけどね」

慌てて否定する私。

面白くなさそうな顔に見えたのか、素直に返事をしなかった私をイーシアが訝し気に見る。

今日の大聖女《アンジェリカ》に加えて【紅蓮の牙】に新規加入したメアリー。

聖女にいい印象がない私。感情が顔に出ていたのかもしれない。

「はぁ……」

仕事に余計な私情を持ち込むつもりはないけど、ペースを乱された私であった。

そんな感じでイーシアと部屋でのんびりしていると、コンコンとドアをノックする音。

「イーシア、先生……ご飯行こう、ご飯」

「俺たちもう腹が減ったよ。さっき村の人にお勧めの店を聞いたら、うまいボアステーキを出すところがあるみたいでさ」

ドアを開けると、そこには男性三人組。

確かに外も暗くなったし、もういい時間だ。

「ごめん、せっかくの誘いだけど私はこの宿で済ますからいいわ。ちょっと疲れたしね」

「大丈夫なのか、先生？」

「ええ、久しぶりに動いたから少し歩き疲れただけよ」

シルドが心配そうに私を見る。

「じゃあ、俺もロッテと宿で食べようかな」

「ええ？　クルトさんも？」

「悪いな……三人で楽しんできてくれ」

少し残念そうな顔をしながらも食事に出かける【疾風】の三人。

人数が減り部屋に静けさが戻る。

「別に彼らと一緒に行ってもよかったのよ？」

「俺がいると気を遣うだろうしな」

「まぁ、そうか」

ヤトとシルドはともかく、イーシアは緊張するかもしれない。

「それにさっきの後だしな。一応、ロッテを一人にしない方がいいかなと」

「そっか……ありがと」

思いっきり険悪なムードだったからね。

まぁ、私の大聖女の印象はかなり直線的というか。

いくら敵愾心《てきがいしん》を持っていても一人を狙うような、姑息《こそく》な真似をするタイプではなさそうだったけど。

一応、警戒しておくにこしたことはない。

「しかし、こんなことになるとはな」

「ま、楽はできそうだけど……仕事を半分持っていったようなものだから」

事実、大概の症状であれば聖女の魔法で治せる。

修練された魔法は万能に近い。

すっごく癪だけど、あれでも彼女は最高峰の回復魔法使い。

「ましてや今回は大聖女の回復魔法、文句なんて言いようがないわ」

「ふぅん、で、本心は……」

「ふざけんな、馬鹿女！　……私の邪魔しやがって！」

「だよなぁ」

ドンと部屋のミニテーブルをたたく私。

イーシアはともかくクルトの前で格好つける意味もない。

あぁムシャクシャする、激しくストレスがたまるわ。

私は能力を認めても、あの女の人格までは認めていない。

「仕事どうこう以前に、一体なんなのよ！　あの態度は？　なんで初対面の人間にあんな風に言われなきゃいけないわけ？」

「ま……面白くはないよな」

「当然よ！」

彼女が大聖女でも私は教会の人間ではない。身分の上下があるわけじゃない。

私は冒険者のそういうフリーなところが好きだから続けてきた面もある。

「ま……仕方ないと割り切って、与えられた仕事をキッチリとこなすわ。大聖女が来て病気が治ったからって、根本的な問題が解決するかは別問題だしね」

「そうだな」

一度治癒しても再発するおそれだってある。

だから村長さんも本格的な原因究明を、彼女ではなく冒険者ギルドに依頼した。

「で？　どうなんだ？」

「うん？　何が？」

「ロッテは今回の異常の原因、多少なりとも見えているのか？」

「ふふふ……もちろん、全然わかんないわよ！　ダンジョンも病気も関連性も！　期待外れですみません！」

「ち、力強く言い切ったなぁ」

クルトの問いに、はっきりと言う私。

病気ももっとしっかりと診断すれば話は別だけど。

さっき確認したぐらいではさすがに判断つかない。

「聞いたところ症状は微熱に咳、倦怠感《けんたいかん》……体調を崩したのは主に高齢者か子供、性別は関係ない。これだけだと季節の変わり目に引いた風邪だと言われても見分けがつかない」

子供も老人も体力もないしね。

病気に罹患《りかん》する順番としては順当だろう。

「だけど普通の風邪とも判断しにくい。元々、結構な数の病気はポーションで人元来の持つ治癒力を高めれば治る。でも誰も回復していない、それどころか真綿で首を絞めるようにじわじわと悪化しているみたい」

確かに緊急の案件というわけでもない。

だが、少しずつ確実に病状は悪化している。

「さっきはああいったけど、今回は教会に依頼するというのは悪い選択じゃないと思う。正直、薬師の立場としては微妙に癪だけどね」

「ふむ」

適当に薬を処方するわけにもいかない。

もう少し病状を絞れていたらよかったんだけどね。

簡単な咳止めと解熱剤くらいはつくれるが、試してみないとどの程度の効果があるのかも不明。

だったら魔法で早く元気になった方が村人も喜ぶだろう。

「さて、気分を変えて私たちもご飯食べよ。話はそこでもできるし」

「お、そうだな……俺も腹減ったし」

そうして下の食堂へと向かう。

果たして今回の選択が本当に吉だったのか、私たちは近く思い知ることになる。

ロッテとクルトが宿で話している頃。宿で別れた【疾風】のメンバー三人は……。

「「「かんぱ〜い！」」」

円形テーブルを囲み、グラスを重ねる。

ぐびりと冷たいエールを喉に流し込み、店の料理に舌鼓をうつ。

「あ、これ美味しい。獣特有の臭さもないし」

「油が、肉の油がたまんねえ」

「このボアステーキ濃い味付けだけど、いけるな」

美味しい夕食を食べて英気を養う三人。

「でもまさか、俺たちが【紅蓮の牙】の二人と一緒に仕事をするなんてな」

「元だよ……でも不思議だよね、本当」

「ああ、ヤトが魔剣を暴走させなければこんなことにならなかったな」

「わ、悪かったと思っているよ」

冗談交じりに言うシルドと、気まずい顔で頭をガシガシとかくヤト。

「でも、どうしてあの二人はパーティを抜けたんだろうね？」

お酒を飲んで少し赤みがかった顔のイーシア。

カラカラとグラスの氷を回しながら呟く。

「さぁなぁ」

「そこまではギルマスも教えてくれなかったし……」

考える三人。

「確かにロッテさんは色々とありそうだったしな。世間の評価とか、噂話を聞く限りは……」

「それ、絶対に本人にはいっちゃ駄目だよ」

「わかってるよ」

ヤトを諌《いさ》めるイーシア。

「知り合う以前ならともかく、今は噂が本当だとは思ってねえし……この前の授業も面白かった。知識もそうだけど、着眼点がすげえ面白いと思ったよ」

「先生の薬師の腕は直接見てないから知らないけど、あのギルマスとクルトさんが認めてんだからさ……絶対普通の訳がない」

「……だね」

噂話ではなく。見て直接感じた評価を優先する三人だった。

「じゃあクルトさんは？　一緒に抜けたわけだし……そもそも、あの二人はどういう関係なんだろ、もしかして」

「はい、でたよ」

「イーシア本当好きだな、そういうの……」

「ちょっと、なによそれぇ……」

二人の言葉に頬を膨らませるイーシア。

「俺……そういうのよくわかんねえ、お互いにすげえ信頼しているのはわかるけど」

「でも今日、大聖女の剣を止めて先生を守ったクルトさんは滅茶苦茶格好良かったな」

「ね！　まさに二つ名通りの貴公子だと思った！」

「でも、甘い雰囲気かと言われるとなぁ……」

「まぁ付き合ってはいないだろうな。今日雑談した時に聞いた話だとロッテさん、クルトさんに例のバーバリアン装備を着させようとしたらしいぞ」

「惚れた男にはそんな真似しないよな、貴公子を蛮族に変えるか普通」

「そ、そこはほら他の女を寄せ付けないための、独占欲的なものとか……く、苦しいか」

ワイワイガヤガヤと盛り上がる三人。


三人から少し離れたテーブル席では……。

アンジェリカとともに村にやって来た、二人の聖騎士が食事をしていた。

「ったく、おてんば聖女にも困ったもんだ」

「まったくだ。なんで俺たち聖騎士が付き合わされて、こんな田舎の村まで……」

教会運営にかかわる職務を除き、民衆への治癒行為や瘴気《しょうき》の浄化といった実践的内容を担当する役職は聖女、神官、聖騎士の三つに分別される。

聖女と神官の呼称は男女の性別の違いであり、主に治癒を専門に担当する。

ちなみに光魔法に強い適性があるのは不思議と女性が圧倒的に多く、神官の数は少ない。

聖騎士は回復魔法の才能はそれほどでもないが武芸に通じる。

教会が持つ戦闘集団であり、殆どが男性で構成される。

主な仕事は聖女や神官の護衛、大規模な戦争跡などに生ずるアンデッドのせん滅などで強さを発揮する。

ただ高度な回復魔法を扱う聖女の希少性に比べ、こちらは代用が効かないわけでもない。

総じて女性の方が地位が高くなり、彼らのように色々と不満を持つ男性も少なくない。

「ったく、身勝手すぎる」

「大聖女のお守りを上から急に告げられて、こんな田舎の村までやってきて……碌《ろく》な女もいねえし、精々酒と飯くらいしか楽しむものがない」

愚痴を零す二人。

「そもそも、あの女に護衛なんてどう考えても必要ないだろ……俺たちよりも強いし」

「だな……この前絡んできたBランクの冒険者をボコボコにしていたぞ」

「まじか」

「本当、ちょっとしたお零れでもなきゃこんな任務やっていられな……ん？」

と、そこで……聖騎士の一人が、何かに気づいたような顔を見せる。

その視線の先には【疾風】の三人。

「おい、見ろ……あのガキの隣に置いてるやつ」

「ん、なんだ？」

ヤトの後ろの壁に立てかけられた一本の剣。

「あれ……魔剣か？」

「ああ、間違いなくな」

魔剣を見てニヤニヤと笑みを浮かべる男。

「おいお前、何を考えてんだ？」

「アレ、あのガキには、ちょっともったいねえと思わないか？」

「……」

もう一人の男がその意を察する。

声のボリュームを落とし、話を続ける聖騎士たち。

「さすがに、この村で理由なく問題起こすのはまずいぞ」

「はは……魔剣が暴走するなんて、よくあることだろ」

「ま、それはそうか……だが本当に大丈夫か？」

「平気だろ、騒動の元になる魔剣をはっきり実体化させてんのは余程の自信家か、未熟者だ……

あのガキはどちらに見える？」

「間違いなく後者だな、他のやつらもまだ新人冒険者といった雰囲気だ」

【疾風】の三人をじっくりと観察する二人。

「なら決まりだな……店を出たら決行だ」

「わかった」

【疾風】の三人が食事を終え、宿に戻る途中。

「よう……」

夜、人気のない通りで、奥の暗闇からのそっと姿を現すアンジェリカと一緒に来た聖騎士。

「お、お前は……」

「なんだよ」

「わ、私たちに用ですか？」

「へへ、そこの魔剣を持ってる少年に、ちょっと話がしたくてな」

ニヤニヤと笑みを浮かべる男。

自分たちを待ち構えていたようで、危険な雰囲気を感じとり身構える三人。

「話だって？」

「はは……いやなに、駆け出し冒険者が分不相応な一品を持っていると思ってな。このままじゃ勿体ないんで、ちょっと有効活用する方法を教えてやろうと思ってな。ほれ、おじさんに貸してみな」

「断る、あんたからは嫌な感じしかしない」

伸ばした聖騎士の手を拒否するヤト。

反射的に後退するが……。

「へへ……逃がさねぇよ」

逃げ道を封じるように、別の聖騎士が背後から。

前後から三人を挟むこむ。

「乱暴はしねえよ、素直にソイツを渡せばな……」

「ふざけるなっ！　冗談じゃない、これは俺が見つけたもんだ」

「な、なんて奴らだ。教会の聖騎士がこんな盗賊みたいな真似していいのか！」

ヤトとシルドが叫ぶが……。

「はは……青いなぁ少年たち」

「何を夢見ているんだ？　聖騎士だって人間だ。聖女なんて呼ばれて純ぶってても中では五股をかけている女だっているんだぞ」

ジリジリと距離を詰めてくる。

「もしお前たちが周りに何か言っても、魔剣を暴走させたから取り上げたとでも、上に報告しておけばいい」

「後ろで会話を聞いていたが、お前たちは過去にも暴走させたことがあるんだって？　ならどちらの言葉を信じるかは言わずもがなだよな」

迫る男に慌てて腰の魔剣を抜こうとするヤトだったが……。

「反応がおせえなぁ」

「……うぐっ！」

男は一瞬でヤトの懐まで間合いを詰めて、腹部に一撃を入れる。

「対人戦に慣れていねえ証拠だ、ま……いい勉強になっただろ」

「っ！」

腹部を押さえてうずくまるヤト。代わりにシルドが取り返そうと飛び掛かるが……。

ぽい、とおちょくるように奪った魔剣を別の聖騎士に放り投げる。

「ほい……ナイスキャッチと」

「ちょっ！　それはヤトのものなんだからっ！　はなし……つっ！」

パァンと取り返そうと動くイーシアの頬をたたく。

衝撃で地面に倒れこむイーシア。

「……う」

「ったく、暴れんなよ魔法使いの嬢ちゃん。抵抗するからつい叩いちまったじゃねえか」

「イ、イーシアっ！」

「てめえええええっ！」

聖騎士のあまりの暴挙に二人の怒りが頂点に達したとき。

『うぅぅるああああああっ！』

「ぐおっ！」

場違いな女の叫び声が響く。飛び込んでくる影。

影から勢いよく繰り出された鉄拳により思いっきり吹っ飛んでいく聖騎士。

イーシアに手を上げた聖騎士は何回転も地面を転がっていき、気絶してピクピクと痙攣《けいれん》している。

「だ、誰だ！　おま……え、ア、アンジェリカ様ぁ？」

「なにしてんだよ、馬鹿共が……格好悪いことしやがって」

乱入者の正体に目を見開く残った聖騎士。

驚愕の顔でアンジェリカを見る。

「何他人様のモノを奪おうとしてんだ」

「ご、誤解です！　じ、実は彼の魔剣が暴走しかけて……」

「あぁ？」

「ひっ！」

怒り混じりの視線に、ぶるりと聖騎士の体が震える。

気迫に押されてズザザと後ろにさがる。

「だったらなんで、関係ないそこの女の頬が赤く腫れてんだよ？　どう見てもてめぇらが叩いた跡だよな、アレ」

「そ、それは……」

慌てて必死で言い訳をする聖騎士。

「くだらねえ言い訳が俺に通じると思うなよ。てめぇに残された選択は二つだ。きちんと誠心誠意謝罪をするか、このまま俺に殴られてそこで寝んねしてる奴みたいになるかだ」

「ひっ！」

凄むアンジェリカに怯える男。

一人の女が登場しただけで、先ほどまでの威勢が嘘のよう。

「ご、ご迷惑をかける真似をして、も……申し訳ありませんでしたっ！　アンジェリカさ」

「うらあああああっ！」

「うごっ！」

涙目で土下座する聖騎士だったが……何故か頭上から叩きつけられる大聖女の鉄拳。

（（……えぇえ？））

怒りも忘れ、絶賛困惑中の【疾風】の三人。

「馬鹿か！　俺に謝ってどうすんだ？　謝んのはこいつらにだろうが！」

「ひぃいいいっ！」

「立てこらぁ！　その腐った根性を叩きなおしてやる！」

首根っこを捕まえ立ち上がらせ、アンジェリカによる制裁が始まった。

ちょっと引いた様子でそれを見つめる三人だった。


「よし、これで大丈夫だ……可愛い顔に戻ったな」

「あ、ありがとうございます」

大聖女《アンジェリカ》に至近距離から見られ、イーシアは少しだけ照れた顔だ。

聖騎士に叩かれてできた頬の傷が回復魔法で完治する。

「それから、そこの魔剣持ち……えぇと、名前は」

「ヤト」

「そうかヤト、その魔剣は間違いなくお前のものだ……迷惑かけた」

「ど、ども」

聖騎士に奪われた魔剣をヤトに手渡すアンジェリカ。

少し戸惑いながら受け取るヤト。

「礼なんていらねぇ、謝んなきゃいけないのは俺たちの方だ……本当にすまねぇ」

「……え？」

「お、おい」

「いや、あの……」

素直に頭を下げるアンジェリカ。

どうすればいいのかわからず、たじろぐ三人。

かの大聖女《アンジェリカ》が自分たちのような駆け出しの冒険者相手に本気で謝罪したことに強く驚く。

先ほどのロッテとの険悪な雰囲気を見ているが故に……余計に。

スパンと聖騎士たちの頭をはたくアンジェリカ。

「ほれ！　おまえらも、もう一度ちゃんと謝れ！」

「ず、ずいまぜんでじだ」

「ぼ、ぼうにどごんなばねじまでん……」

「「……い、いや」」

傷の癒えたイーシアと対称的に。

アンジェリカの手でボコボコにされ、顔面の腫れあがった聖騎士たち。

涙声の謝罪に何を言っているのかもよく聞き取れない。

「やったことは強盗だ、こんなんでお前たちの気が済むかはわかんねぇけどな。もっとケジメつけさせるか？　せっかくだし指の十本ぐらいはいっとくか？　なぁに、それでも足りなきゃ満足するまで回復魔法で俺が治すから心配すんな」

「「ひっ！」」

物騒なアンジェリカの発言に怯える二人。

さすがに同情したようで、アンジェリカを止めるイーシアたち。

「マジでこいつらの温情に感謝しろよ。てめぇらはとっとと宿に帰れ！　反省文の内容でも考えておきな！」

バタバタと慌てて走っていく聖騎士たち。

「……ったく」

そんな様子を冷めた目で見つめるアンジェリカ。

「あ、あの……」

「うん？」

イーシアがおずおずと話を切り出す。

「どうして助けてくれたんですか？　私たちのこと、邪険に思ってたんじゃゃ……」

「あん？　俺はそんなこと一言も言ってねえぞ」

「で、でも、村長さんの家で……」

「勘違いするなよ。俺は薬師は大嫌いだが冒険者が嫌いなわけじゃない」

「「……」」

「いや、だが……まぁ、そう思うのも無理はねぇか」

ポリポリと頬をかき、自嘲するように呟くアンジェリカ。

「そうだお前ら、よければこの後一杯奢らせてくれ」

「いえ、あの……私たちはもう食べ」

「遠慮すんな、このままじゃ俺の気が収まらねえし、それぐらいさせてくれ」

「あ、あの……いえ、はい」

アンジェリカの強引な誘いを断り切れず、二件目をはしごすることになった三人。

「へへ、向こうに、うまい酒を出す店があるんだよ。俺の幼馴染がやってる店なんだけどな」

「わ、わぁ……楽しみです」

イーシアの肩を組み歩くアンジェリカ。その後ろをついていくシルドとヤト。

「ああ……俺、今わかった」

「シルド？」

ポンと手を叩くシルド。

「あの人を見たときから誰かに似ているなぁって思ったんだけどさ。ゴンザレスさんに似てない？　……聖女様」

「ああ……なるほどなるほど」

容姿はともかく、強引で豪快なところがそっくりだと二人は思った。

「さぁ、じゃんじゃん飲んでくれ、酔っぱらっても心配すんな。後で酔い覚ましの魔法をかけてやるから」

「あ、あの……大聖女様」

アンジェリカに、かなり強引に酒場へと連れていかれた【疾風】の三人。

「大聖女様なんてやめてくれ、イーシア。俺は貴族でもなんでもない、この小さな村の出身のどこにでもいる女だ」

「えぇと……ア、アンジェリカ様」

「様なんていらねぇって」

「で、でも……」

想像以上にフランクな態度に戸惑うイーシア。

「ぎゃははははっ！　アンジェリカ様だってよ」

「おい……」

「やべ、大聖女様に失礼だった。でも駄目だ、が、我慢できねぇ、ふははは！」

アンジェリカとイーシアの会話を聞き、カウンター奥の厨房で男が豪快に笑う。

この酒場の店主で、名前はトマスといいアンジェリカの幼馴染らしい。

「いつまでも笑ってんじゃねぇ、トマス！」

「だってなぁ……あのアンが」

怒るアンジェリカをからかうように、楽しそうに笑うトマス。

「そう睨むなよ、似合わねえんだから仕方ねえだろ」

「ふぅん、その薬指の指輪、トマス結婚してたんだな」

「な、なんだよ突然、おう去年な……そういやお前が戻ってくるのは二年振りだから、まだ話してなかったたな」

「よし決めた。昔私の風呂を覗《のぞ》こうとしたこと、嫁さんにバラしてやる」

「わ、悪かったよ……勘弁してください」

慌てて謝罪するトマスに、満足した顔のアンジェリカ。

「でもなんか……言われてみれば合ってない名前だな」

「確かに、こう貴族令嬢とかに多そうな華やかな名前だし……」

「こ、こら二人とも！　さすがに失礼だよ」

「はは、いいよ。他の大聖女《やつ》からもよく言われる」

苦笑して言うアンジェリカ。

「そもそも元は冒険者志望だったんだ、俺は……」

「そ、そうなんですか？」

「ああ、だからお前らも好きに呼んでくれていい。コイツみたいにアンでもアンジェでも……」

「なら、アンさんで」

「俺も……」

「もう……じ、じゃあアンさん、よろしくお願いします」

少し迷ったイーシアだったが……。

特にアンジェリカも気にしていないようなので、場の空気に合わせることに。

「さて、せっかくアンが帰って来たんだ。ちょっとはもてなさないとな……お前らも、リムルに比べりゃ何もない村かもしれんが、酒と飯はそれなりに保証できる。透き通った山の銘水でできた果実酒だ」

トマスが適当なつまみと果実酒を盆にのせて運んでくる。

「ありがとうございます」

「おぉ……これうまい」

「すごくクリアで飲みやすい」

「いい飲みっぷりだ」

テーブル席に座りお酒を楽しむ【疾風】の三人。

カウンター席で幼馴染と談笑するアンジェリカ。

結婚生活はどうとか、他愛もない話で盛り上がりゆるやかな時間が流れる。

「そういえばアンさん、ちょっと聞いていい？」

「うん？」

ヤトが気になった点をアンジェリカに尋ねる。

「なんで皆を治癒するのは明日なんだ？　アンさんが皆を心配している様子を見るに、すぐにでも動くんじゃないかと思ったんだけど」

「ん？　ああ……万全の状態で回復魔法を展開するためだ」

ヤトの問いに丁寧に説明するアンジェリカ。

「光属性の魔法が一番大きな効力を発揮するのは日中だからな」

「そんなに効果が違うの？　夜と？」

「効果というより、消費魔力量が違うという感じだな。病人が一人二人ならすぐにでも動くが」

今回はそう単純じゃないと、アンジェリカ。

「これでも大聖女と呼ばれてる身だ、魔力量には自信があるが、さすがに村人全員に一人ずつ魔法を掛けていたら魔力が枯渇しちまう」

「なるほど」

「だから俺は今回、村全体をカバーできる広域回復魔法《エリアヒール》を展開するつもりだ。そうすれば全員を一度に治癒できる」

「い、意外と考えてるんだなぁ」

「意外とはなんだ……随分、図々しくなったじゃねえか、このやろ」

「いたい、いたい、いたい」

「ははは」

椅子から立ち上がり、遠慮のなくなったヤトの額を拳でぐりぐりと押す。

それでも、どこか楽しそうな顔のアンジェリカと親交を深めていく。

飲み食いを始め、一時間ほどして。

「う……と、飲みすぎたな、夜風に当たってくる」

アンジェリカが椅子から立ち上がる。

「酔い覚ましの魔法を使えばいいだろうに」

「おいおい、このふわふわした気分のままで風に当たるのがいいんだろうが……」

ふらふらと扉に向かって歩いていこうとするアンジェリカ。

「ったく……危なっかしいな、酒が強くない癖にたくさん飲むんだからな」

トマスがアンジェリカを支えるように傍に来て、一緒に外へ出て行く。

店に残される【疾風】の三人、ちょっとだけ静かになる。

「なんか、意外……だったな」

シルドがポツリと呟く。

「まぁ大聖女と話しているような感じはまったくないよな」

「いや、そっちもだけど、そうじゃなくて……」

少し考えこむシルド。

「わかんなくて、どっちがあの人の本当なんだろ。さっきの村長さんの家の時の攻撃的な様子と、今の感じが違いすぎて……」

「悪い人じゃない……よね。切符のいいお姉さんていうか、さっきも助けてくれたし。そもそも、なんであんなに薬師を嫌うのかな？」

「……アンのことが気になるのか？」

「と、トマスさん……その」

アンジェリカを外に送り、店に戻ってきたトマス。

話を聞かれたことで、少し気まずい顔を見せる三人。

「まぁ隠しているわけでもないし……村の皆は知っていることだ。お前たちなら言いふらしたりもしないか」

少し考えて、アンジェリカの過去を語り始めるトマス。

「本人も話していたが、大聖女なんて言っても本当に普通の女だよ。アンの親父さんの影響をもろに受けたせいか、容姿に似合わず男みてぇな性格だが……」

なお、母親はアンがまだ言葉も喋れない頃に父親と喧嘩別れしている。

「毎日泥だらけになって鍬《くわ》を振って、親父さんと農作業をして暮らしていた。年の近い俺はアンとよく遊んだ。時々、二人で収穫前の野菜をこっそり食べたりして、こっ酷く親父さんに叱られたな……アイツの馬鹿力と剣の腕は元冒険者の親父さん譲りだよ」

昔を思い出すトマス、寂しさと懐かしさが混じったような表情で。

「まぁ……それもアンの親父さんが亡くなる、十二の時までだ」

「お父さん亡くなったんですか？」

「ああ……病気でな」

「アンさんの魔法でも治せなかったのか？　十二歳ならそれなりに魔法の訓練は積んでいても」

疑問に感じたシルドがトマスに尋ねる。

「アンが教会に入ったのはその後の話だ。アイツは元々光魔法の適性があったわけじゃない、後天的に身につけたものだ」

「稀にそういうケースもあるとは聞きますが……アンさんが」

大体七歳ぐらいになると、簡単な魔力操作ができるようになり、自分がどの魔法に適正があるか調べることになる。

多属性を扱う勇者や光魔法を使える聖女といった人材を早めに発掘し、より効率的に優秀な人材を育てていく王国のシステムだ。

稀有な光魔法の使い手となれば、教会に入れば相当な支度金が出る。

しかし、当時のアンジェリカに光魔法の適性はなかった。

「で、ここから話の根幹に入るんだが、アンの親父さんは病気にかかって、とある薬師に薬を処方されていたんだが……こいつが問題でな」

多少の差異はあれど、治癒院の魔法は基本的にどこも高額。

貴族や裕福な商人ならともかく、平民が簡単に受けられるものではない。

自然と薬に頼る形になる。

「病気になったタイミングも真冬と悪かった。あの年は数十年に一度の寒波がきてな、猛吹雪が続いてリムルへの道が閉ざされて、とても森を抜けられる状況じゃなかった」

頼れるのは偶々村に来ていた薬師だけ。

薬師の診断に従い、アンは高額な薬を購入し親父さんに飲ませ続けた。

しかし、父親の容態はよくならない。

それどころか日が経つごとに悪化していく。

「アンは薬師に詰め寄ったが、薬師の答えはこの薬は継続しなきゃ効果がないという一点張りだったそうだ。専門家でもなきゃ薬の良し悪しなんて判別できねぇだろ？　これはいい薬だと言われたら、こっちはいい薬なんだと信じるしかない」

じっと話を聞く三人。

「アンは薬師の言葉を信じて薬を買い続けた。今は辛くても、きっとよくなる……ってな。冬寒い中、ズタボロの指になりながら内職して、親父さんの看護と並行して朝から夜中まで働き、薬代を稼いでいたよ。それでもお金が足りないから周りの家から借金までしてた……でも、祈りは届かず……親父さんは亡くなった」

「「「……」」」

「で……ここまでなら一つの不幸話として終わるのかもしれないがな。ふと気になったアンが父親の死後に薬の成分を調べたら、泥水混じりの紛いもんの偽薬だったことが判明した」

「ひ、ひど……い」

「許せねえ、なんだよ、それ」

「胸糞悪い話だ」

話を聞いて顔を大きく顰める三人。

それから一年の時が経ち。

「元々冒険者志望だったアンは、親父さんが死んだあと、村を出て夢を叶《かな》えに冒険者ギルドに登録しに向かった」

十三歳になるまでは村にいるという父親との約束だったが、約束の年齢になり、父親に教わり磨いた剣の腕を活かし冒険者の道へ。

ところが、ここで彼女の人生に想定しなかったことが起きる。

「何故か、冒険者ギルドの適性検査で光魔法の適性が増えていたことがわかってな」

そこで一転、悩んだ末に進路変更を決めたアンジェリカ。

自分と同じような悲しみを負う人が少しでも少なくなるようにと。

アンジェリカは遅まきながら教会に入り、回復魔法の腕を磨き、がむしゃらに魔法の修練に打ち込んだ。

「そしてわずか七年足らずで、最高位の大聖女にまで上り詰めた」

「と、とんでもないことですよね」

「ああ、アイツはあまり弱音を吐くタイプじゃねえし、本人は言わねえけど、とてつもない苦労があったと思うぜ」

アンジェリカのいる扉の外に視線を送るトマス。

「それから学んだ回復魔法でたくさんの人々を助けてきた。貴族、平民、身分に分け隔てなく、お金のない貧乏人には無償でな」

そしてそんな彼女の行いは広まり、慈悲の聖女と呼ばれ称えられるようになった。

「だが、皮肉なもんだよ。一番助けたいと思った時にその力がなかったんだから……一番頑張ったアイツは報われてないんだから」

「……トマスさん」

どこかやり切れない顔のトマス。

「それで……アンさんは薬師を」

「ああ、今もあの時のことを引きずっているみたいだ。根は真っすぐで良くも悪くも純粋な奴だからな、ショックも大きかったんだろう」

「で、でも全部の薬師がそうとは。少なくとも今日来たロッテさんはそんな人じゃ……」

「それはアイツもきっとわかってんだよ、理屈ではな……だが心の底でどうしても信じられねえんだ、本能が拒否してんだよ、薬師の存在そのものをな」

「「……」」

アンジェリカの過去を聞き終えると同時に、中に戻ってくるアンジェリカ。

ぼちぼち遅い時間となり食事はお開きになり、少し複雑な気持ちで宿への帰路を辿る三人だった。

追放薬師と大聖女

朝を迎えた。今日は薄暮の迷宮の探索へと向かう日だ。

朝食を食べて【疾風】の三人とダンジョンがある村の山側の出口に向かう途中。

「……げ」

「うぅわ」

朝から嫌なものを見てしまった。村の広場でアンジェリカとばったり会う。

向こうも私に気づいたようで思い切り顔を歪《ゆが》めている。

二人の聖騎士がアンジェリカの指示に従い、ゴロゴロと滑車のついたライン引きで、なにやら地面に線を引いている。

なんだろう、あの聖騎士たち……なんか様子が。

ところどころ鎧がボコボコ歪んでいるけど、昨夜何か起きたんだろうか？

まるで、とんでもない魔物に襲われた後のような……き、気になる。

まぁ、それはさておき一応私も大人だ。

このままアンジェリカをスルーしてもいいけど。

「朝から精が出るわね……それ、昨日ちょっと話していた回復魔法陣かしら？」

「……ふん」

「…………」

無視と来ましたか、そうですか……なるほど。

この私がわざわざ、ほんの微かに、ちょっとだけ歩みよりの姿勢を見せようと話しかけたのに。

この女の態度は昨日と同じ……。

「やれやれ、朝から恐ろしく無駄な時間を使ってしまったわ」

「んだと、てめぇぇ！」

「聞こえてるんじゃないの！」

挑発に怒るアンジェリカ。だったら返事しなさいよ！

「あ、アンさんだ！」

「おはよ」

「おはようございます」

「おう、お前ら！　準備は万端か？　気をつけていけよ！」

（……ん？）

仲良く談笑する三人、私の時とは見るからに対照的な反応。

【疾風】の三人に明るく微笑むアンジェリカ、そんな顔も一応できるのか。

というか……なにこの感じ、私が仲間外れにされているような感覚。

ま、まぁ……考えすぎか。

それに私は一人じゃない……クルトがいる。

「て……く、クルト?」

じっとアンジェリカたちの様子を見つめるクルト。

仲間に入りたそうにしている(ように見えた)。

「ま、まさか貴方まであの女に……ゆ、ゆゆ、許さないわよ」

「怖い怖い怖い、違うって……いや、広域回復魔法《エリアヒール》、ここまでの規模のは初めて見たなぁと」

「……ああ」

クルトの言葉に頷く私。

村の人口は百人を超える程度、そこまで面積も広いわけではないが……。

「まさか本当に、村人全員を同時に治そうとするなんてね……」

ここで話を聞いていたらしいアンジェリカが私を見て口を挟んでくる。

「ふん……お前にはできない真似だろうな」

「でしょうね、たいしたものだわ」

「………」

私のあっさりとした返答に、何故かキョトンとした顔を見せる。

「何よその顔は?」

「いや、素直に認めやがるから……拍子抜けして」

ガシガシと頭をかくアンジェリカ。

「まさか、ケチをつけるとでも思った?」

「ああ」

私をどんな人間だと思っているのか。

「ただの事実でしょうが、こういう大規模な治癒手段は薬師にないからね。貴方個人のことはともかく、魔法にケチをつけるような真似はしないわよ」

「………………」

できないことをできないと伝えるのは恥ではない。

見栄が必要な場面もあるが、それは今ではない。

「ち……ペースが狂う女だ。くそ、これじゃ私の方が……」

なにやらボソボソと呟くアンジェリカ。

さて、ここであまりゆっくりしていると探索に取られる時間がなくなる。

早く行こうと、イーシアたちを呼び寄せる私。

「お、おい……女薬師」

「なによ?」

出口へと向かう私を呼び止めるアンジェリカ。

「あ～、その、あ～」

「……なによ」

言うべきか言わざるべきか悩むような素振り。

はっきりせず、らしくないわね。

「き、昨日遅くに雨が降った」

「みたいね」

「山の地面《あっち》は平地よりぬかるんでいるから、足を取られやすい。き…………滑って頭を打って、その捻《ひね》くれた性格が変わるといいな！」

「余計なお世話よ」

「……ふ、ふん」

そう言って別れる私たち。結局嫌味が言いたかったのだろうか？

まったく、よくわからない女だ……本当に。


アンジェリカと村で別れ、私たちはダンジョンの入口がある山の中腹へと向かう。

「そういえば……なんであなたたち、大聖女《アンジェリカ》とあんなに親し気だったの？　名前で呼んじゃったりして」

気になったので三人に尋ねてみる。

「実は昨日アンさんと一緒に飲みに行ったんですよ」

「え？」

イーシアが答えてくれるが、意味がわからない。

「実は俺たち、アンさんに助けてもらったんだ」

「ああ」

ヤトとシルドが言う。

どういう経緯でそんなことになったのか、事情を尋ねる。

なにやら、アンジェリカの隣にいた聖騎士たちとひと悶着あったらしい。

昨日イーシアが部屋に戻るのが遅いなぁとは思っていたけど。

そんなことがあったのか。

「それで助けてもらって、飲みに行ったと……ふぅん」

「も、もしかして、ロッテさんたちも誘った方がよかったですか？」

「いや、別にいいんだけどね」

そもそも宿で食べるって言ったのは私だ。

村長さんの家であんな険悪な雰囲気出していたら普通は誘わない。

昨夜の雨で山道は少し地面が湿っており、ぬかるみに足を取られないように注意しながら進む。

転んだらあの女に笑われそうだから慎重に。

道中で魔物との遭遇も殆どなく、三十分ほど歩いて薄暮の迷宮に着いた。

まぁダンジョンの魔物が少なければ、ダンジョンの外にあふれ出す魔物も少ないので当然か。

「で……ロッテは、どうやって調査を進めるつもりなんだ」

「そうね」

ここでちょっと休憩しながら、作戦会議を行うことに。

一応昨日のうちに私なりの計画は立ててある。

「まずは、貴方たちが魔剣を見つけたという場所に案内してくれる？　手がかりが見つかるかもしれないから」

「わかりました！」

「任せてくれよ」

やる気に溢れるヤトたち。頼りにしているからね。

ヤトたちは薄暮の迷宮の奥の方で魔剣を見つけた。

私が来たのは一年以上前だし、さすがにそこまでの細かい順路を覚えていない。

松明《たいまつ》を片手にいざ、ダンジョンの内部へ。

予定通りに三人が先導して道を案内してくれる。

「しかし、本当に魔物の気配を感じないな……この感覚は初めてだ」

「……うん」

クルトの言葉に賛同する私。

さすがに気配とかそういうのは不明だけど、なんとも静かな感じなのはわかる。

「だけどロッテ、今更魔剣のあった場所なんて調べても手がかりがあるか？　以前調査に来たパーティも重点的に調べてるんじゃないのか？」

「でしょうね、でも……見ておきたいのよ」

「何か思いついたのか？」

「ま、取っ掛かりぐらいはね……」

昨日一晩じっくり考えた。

魔物が減った理由、低ランクのダンジョンで魔剣が生成された理由、病気の理由。

一応、薄暮の迷宮と名付けられているだけであって、内部は迷路のように入り組んでいる。

このフロア内全部を無策で歩き回って調べるのはさすがに効率が悪い。

「でも可能性は低くないと思う」

「さすが、ロッテ」

「ふふふ……こういうのは、私の得意分野だからね」

堂々と胸を張る私。

「とある仮説を元に仮説を組み上げ仮説を立ててみたわ」

「……得意分野ってなんだっけ？」

「ま、何もないよりマシでしょ」

「はは、そりゃそうだ」

一歩間違えれば妄想だけどね。

クルトとそんなやり取りをしながら奥へと進んでいく。

薄暮の迷宮は山の中腹の入口から下に向かって広がっていくダンジョン。

道は複雑だが罠などはなく、慎重に進んでいけば問題ない。

左に曲がり右に曲がり、時折目印をつけて適宜地図を確認しながら先へと進んでいく。

五人の足音だけが静かに響く、ダンジョン内の暗くじめっとした陰鬱とした空気。

苦手な人も多いが私は案外嫌いじゃなかったりする。

そんなことを考えていると、のそりと奥から現れた魔物。

頭から生えた二本の触覚、緑色の芋虫を大きくしたような形。

その大きさは一メートルを超えており、なかなかにグロテスクな容貌だ。

「げ、ポイズンキャタピラだ……あいつ苦手なんだよな」

前衛のシルドが盾を構えて呟く。

見通し悪く狭い通路なので逃げるのは悪手だ。

相手の動きは早くないが、ダンジョンは魔物たちのホームだ。

「大丈夫よ、もし毒になっても治してあげるから」

「い……いや先生、そもそも毒になりたくないだけど」

「俺もアイツ嫌いだな。下手に切るとぐちょっと毒液が飛び散るし」

シルドに賛同するヤト。

(……ふむ)

ポイズンキャタピラ。

まさにこのダンジョンの面倒なモンスターの代表格だけど。

「どうする？　俺がやろうか？」

提案するクルト。

以前、前に出すぎた反省も踏まえてなのか、彼はサポートに徹している。

「いえ……大丈夫よ、イーシア、風魔法を使えたわよね？」

「え？　は、はい」

みんなに任せて、私だけ見ているばかりなのはアレなので。

「だったら、もっと簡単に倒せるわよ……」

ちょっと使えそうなアドバイスを。この手の魔物に正攻法で戦うことはない。

ごく簡単な作戦の打ち合わせをする。

「そ……それで本当に倒せるんですか？」

「ええ、信じてやってみて」

半信半疑のイーシア。気づけば、私たちの元へジリジリと距離を詰めている魔物。

獲物と認識したのか、二本の触覚を上下に動かすポイズンキャタピラ。

この魔物が毒液を発射するサインである。

「イーシア……今よ！」

「は、はい……ウインドバリア！」

展開されるイーシアの魔法。魔物の周囲を囲むように展開される風のバリア。

風が発した毒液を反射しバリア内部に毒の飛沫が拡散していく。

毒を吸い込み数秒後、ピクピクと痙攣して動かなくポイズンキャタピラ。

「ん、うまくいったわね」

「……ほ、本当に倒せちゃった」

あっさり倒れるポイズンキャタピラ。

その様子にポカンする【疾風】の三人。

「な、なんでだ？」

「どうして、自分の作った毒なのに自分に効くんだ？」

「それはね、生物の毒の作り方に起因するのよ、ポイズンキャタピラの場合、中の毒袋が体から……」

と、こんな感じで攻略に使えそうな話をしながら先へ進む。

そして一時間ほど歩き。

迷宮の奥、ヤトたちが魔剣を見つけたという場所に私たちは辿り着いた。


案内されて辿り着いたそこは小部屋だった。

四メートル四方の正方形の部屋で、通路よりは少し広いといった程度。

「ここに魔剣が落ちていたんだ」

「なるほど」

ヤトが地面を指でさす。

魔剣の落ちていた地面に手を触れると、冷たい土の感触が伝わってくる。

「それじゃあ……早速、調査を始めますかね」

荷袋から取り出したのは一つの瓶で、中には白い粉が入っている。

「ロッテ、なんだそれ？」

「今回の調査で役立つ……と思われるスペシャルアイテムよ、たぶんだけど」

とある魔物からとれる特殊な粉だ。

瓶の中をマジマジと見つめるクルト。

「ふぅん」

「心配しなくても危ない薬とかじゃないとかじゃないから大丈夫よ。みんなでこの粉を撒いてくれる？　この部屋を起点にして、通路を辿って枝を広げるように地面にね。あ、粉は直接手にもっても問題ないけど、吸い込んだりはしないように注意して頂戴」

粉を小袋に入れて全員に分配すると、指示を受けてこくりと頷き動き出す四人。

十分後、仕事を終えて戻ってくる。

「ありがと……お疲れ様」

「いえ」

「な、なんか手がパサパサするぞ」

「お、おい、こっちに手をつけようとするな」

ヤトが悪戯半分に手を伸ばし、シルドの方に近づける。

まぁ粉は洗えば普通に落ちるから問題ないだろう。

「で？　これで何がわかるんだ？　ロッテ」

「勿論、薄暮の迷宮の異常の原因よ」

不思議そうなクルトの顔。

あくまで、ドンピシャであれば……だけど。

「そうね……効果が出るまで少し時間が必要だし、休憩も兼ねてもう少し話をしましょうか、今回の魔物の減少という現象について」

いや、これは洒落ではなく……私なりの考えをね。

ダンジョンの壁に寄り掛かるクルト。地面に腰をつけるヤトとシルドとイーシア。

各自リラックスできる姿勢をとる。

「一応、説明の前にダンジョンの基礎知識についておさらいしておくわね」

こくりと頷く四人。

クルトはともかく、他の三人はダンジョン探索の経験もあまりないそうだ。

簡単に言えばダンジョンとは魔力が蓄積し生まれた場所だ。

ここでいう魔力は人の魔力だけではなく、様々な物質の魔力が混合したモノを指す。

この世界の殆どの物質には魔力が含まれている。

人間、虫、魔物、魚類、植物、生物ではないが鉱物まで、混合された魔力をベースにして魔物が生まれる。

人型、植物型、昆虫型……色々と形に多様性があるのはそれが原因だといわれる。

ダンジョンは大きく二つのタイプに分かれる。

一つ目はオーソドックスな自然の中（実世界）にあるダンジョン。

これは山の洞窟の中にある薄暮の迷宮が該当する。

二つ目が空間を捻じ曲げて存在する異空間ダンジョン、ダンジョン内なのに海や空が存在するタイプだ。

前者は実世界の中という制限があるため、規模の縛りを受ける。

しかし、後者はそれがなく、その自由度から難易度が必然的に高くなる。

AやSランクのダンジョンとなると、ダンジョン主としてエンシェントドラゴンなんかが根城にしていたりもする。

「ここまではオーケーかしら？」

「はい」

「ああ」

「俺もそれぐらいは知ってる」

頷く【疾風】の三人、どうやらこのまま話を進めて良さそうだ。

まぁ基礎知識はこのぐらいでいいだろう。

「じゃあここから本題に入るわね、私なりに昨日考えたのよ……魔物が減るという今回の異常、過去に何か類似例がないかなと思って」

少しでも関連性のある事例はないか。

幸い冒険者ギルドに寝泊まりしているので、参考資料などにも事かかない。

で、一つ該当する推測が浮かんだ。

「結論から言うわ……私が考えたのはモンスターハウスの存在よ」

「な、なに？」

「「え？」」

私の言葉が予想外だったらしく、みんな口を大きく開けている。

「ち、ちょっと待てロッテ！　繋《つな》がりがまったく見えないぞ」

「はい、クルトさんの言う通りです。そもそも今回の件は魔物が少ないから調査に来たわけですよね」

「そうね」

「そ、そうねって……あの」

あっけらかんと言う私に戸惑うイーシア。

モンスターハウスはその名の通り大量のモンスターが生息する場所。

現象だけ見れば、魔物が減るという今回の現象とは対局の事例……だけど。

「魔物の数に影響を及ぼしていると考えれば同じカテゴリに見えない？」

「そ、それは……そうかも、ですけど」

まだ納得いかない顔のイーシアたちが、少しでも理解できるように説明を続けていく。

「そもそも、三人はモンスターハウスがどうして生まれるか知ってる？」

【疾風】の三人に問いかける。

下位のダンジョンしか経験がないなら、三人はまだモンスターハウスを経験していないはず。

「えーと、イーシア」

「い、イーシア」

「え、わ……私?」

「あ、あんたたちは……」

いきなり、他力本願のシルドとヤト。

「えぇと、確かダンジョン内部の魔力がある一部屋に密集した場合に、魔力が具現化して大量発生するんでしたよね」

「うん、イーシアはさすがね。アンタたちはもう少し勉強しておいた方がいいわよ。あれは初見だと間違いなく戸惑う、遭遇してから考えるんじゃ遅すぎる」

「「はい」」

もう少し具体的に言うならば。

一定以上の規模のフロアに一定以上の濃度の魔力密度。

そうすると大量の魔物が生成される。

他にもいくつか条件はあるらしいけど、現時点ですべては解明されていない。

「で……話は戻るんだけど、要するに今回の件、ダンジョン内部の魔力の流れが大きく狂って魔物が減ったんじゃないかと思ってね」

「えぇと、つまり……ある一点に濃い魔力が集中すれば、他の部分は当然薄くなる、必然そちらの魔物の出現数も減る……ってことですか？」

「理解が早くて助かるわ」

ダンジョン内の魔力分布が一様でなくなる。

本来は空気が混じりあうように、時間経過とともに魔力分布を均一にしようと力が働くのだが、それがなんらかの要因によって狂いが生じた。

上位ダンジョンでは魔力分布が全体的に高く、モンスターハウスのような事例が起きやすい。

しかし下位ダンジョンでそれを引き起こすとなると、余程大きな要因があると思われる。

それを見つければ今回の問題は多分解決するはずだ。

「ちなみに、モンスターハウスの代わりに濃くなった魔力が生み出したものが……」

「魔剣、ですね？」

「うん、そう」

「ん？　ということはロッテは魔剣が魔物と同じだっていうのか？」

「私は全然おかしくはないと思うけどね」

知性を持つ剣、一部ではインテリジェンスウェポンなんて格好つけた呼び名もある。

同じく金属系で意志を持つゴーレムが魔物扱いされて、魔剣が魔物ではないというのは妙な話だ。

「え、なら俺とクルトさん……魔物、握ってんの？　あのスライムとか従えている人たちと同じ？」

「あくまで……その説があっていたらね」

魔剣持ちの二人は特に戸惑った顔だ。

「でもロッテ、何故モンスターハウスではなく魔剣が生成されたんだ？」

「そこまでは……たぶん一つの要因としては場所があげられるかな。断定はできないけど」

私なりの考えをクルトに伝える。

ハウスというにはこの部屋は規模も小さすぎる。

「さて、そろそろ粉の効果がでる時間ね……」

予測が正しければ、この部屋に強い魔力の道ができているはずだが。

正解かどうか、検証作業に入り結果を確認することにする。

私の荷物から取り出したのは黒みがかった長さ5センチ程度のガラス板。

板に目に近づけ、その奥に移る視界を確認する。

(よっし……ドンピシャ！)

ガラス越しに広がるのは白と黒で表現された映像。

そして魔剣の落ちていた場所には、塗料がぶちまけられたように強烈な白い跡が残っている。

推測が間違えてなくてほっと一安心。

思わず、拳を握ってガッツポーズ。

これで外していたら、また一から考えないといけなかった。

「ろ、ロッテさん？」

「あ……ごめんごめん」

ついい、自分の世界に入って、皆を置いてけぼりにしてしまった。

「このガラス越しに、そこを見てご覧……」

「は、はい」

ガラス板を受け取るイーシア、壊れ物を扱うように目のところに。

「俺にも見してくれ」

「俺にも！　……な、なんだこれ、おもしれえぞっ！」

「割れやすいから落とさないように気をつけてね」

イーシアの背後からのぞき込むヤトとシルド。

落ち着いたところで、最後にクルトが確認する。

「ロッテさん……あの、今の光景って」

「皆に撒いてもらった粉はキラーモスの鱗粉をちょっと加工したものでね、この粉が映し出すのは魔力濃度の境目なの」

「さ、境目？」

「ええと、地図の高さを表現する等高線とかイメージすればいいかな、魔力の濃度の変化で白黒が切り替わるのよ」

本来、細かい魔力感知なんて、魔法に長けたエルフでもなければ不可能だ。

でもこうして、道具を使って視覚化すれば状況が一気にわかりやすくなる。

暗闇に生きるキラーモスは特殊な視界を持つ魔物。

この魔物の鱗粉を大気中に撒き対象物に付着させることで、魔力と鱗粉が反応し、周囲の凸凹の地形とか、そういった情報を精密に把握できる。

ただ人の目ではキラーモスの視界を再現することができない。

人間の視認できる魔力光の波長域ではないからだ。

ゆえに特殊なガラスを通じて見る必要がある。

「な、なんか変な感じですね、板一枚通しただけで視界がこんなに変化するなんて」

「まぁね」

先日の調査隊が原因を見逃したのも無理はない、肉眼では全然わからないもの。

とにかく、魔剣のあった地面に魔力が大量に含まれていたのは間違いない。

魔力の乱れが関係していることがわかった。

あとはこの魔力の経路を把握し、元を辿っていけば魔力を乱した原因に辿り着く。

でも……少し妙ね。鱗粉で映し出された外形を見るに、魔力がこの部屋に集まってきているのではなく、この部屋を元に広がり流れているのがわかる。

つまり、ダンジョン内部から魔力が流れてきていない。

どういうこと？　……正直、これは予想外だった。

「そうだ、ここの地面を採取して解析してみれば、少しはわか……へ」

ピシピシと下からひび割れの音……な、なんかすごく嫌な予感。

雪山で雪崩《なだれ》に巻き込まれそうになった時のことを思い出した。

あ、まず……。

「き、きゃあああああああっ！」

「ロッテ！」

響き渡る私の悲鳴。ガラガラと崩れ落ちる足元。

浮遊感を感じた時にはもう遅く、そのまま重力に従い落下していく私の体。

「ちっ！」

「んぶっ！」

地面の異変をいち早く察知し、穴に飛び込むクルト。

ギュっとクルトの胸に引き寄せられる私。そのままクルトと落下していく私。

数秒ほどして体に走る衝撃と痛み。体感時間からして十メートル以上は落ちただろうか。

でもクルトのおかげで着地の衝撃は抑えられ、軽く腰を痛めた程度で済んだ。

「く、クルト……ごめ、ぐるぢい」

「と……わ、悪い」

強い力で私を抱きしめていたことに気づき、慌てて私の体を離すクルト。

ポリポリと頬をかくクルト。二人の間に少しだけ気まずい空気が流れる。

「と……その、怪我はないか？」

「う、うん……ありがと、助かった」

「そ、そうか……」

「………え、ええ」

本当に油断していたわ。クルトがいなければまともに体を打ち付けていたところだ。

うぅ、失敗した……らしくない可愛い悲鳴を上げてしまったではないか、恥ずかしい。

「ロッテさん！　クルトさん！」

「お〜〜い！」

「無事なら返事してくれ！」

私は立ち上がり、無事を知らせようと元気に手を振る。

上から三人の安堵の声が聞こえてくる。

反省しながら、上るためのロープをイーシアたちが用意してくれているのを待っていると。

「……あれ？　今、どこかで……」

「ロッテ……音が聞こえないか？」

「クルトも聞こえたのね」

二人、静かに集中して耳を澄ますと、ちゃぽ……と、ゆっくりと流れる水の音に気付く。

上空の松明からの炎に照らされ、一瞬下に映し出されたのは水面。

肌に刺さる湿った冷たい空気……ここ、もしかして。

「地底……湖？」

「みたいだな」

予期しなかった発見、偶然見つけたこの地下空間の周辺を調べてみることにする。

ヤトたちに頭上の穴から荷物を降ろしてもらう。

松明をつけると、照らし出されたのは視界の奥へ奥へと広がる湖。

一体どこまで続いているのか、その全容はとらえきれない。

湖の透き通るような水面、覗き込むと泥で汚れた自分の顔が見える。

しかし……これ、あれね。

「クルトさん……本当にありがとうございます。あなた様には心から感謝しております」

「え？……な、なにが？」

困惑するクルトにもう一度、お礼。

いやこれ、落ちる場所を一歩間違えれば湖にジャボンだった。

危ない危ない、秋の終わりにそれはちょっとキツイ。

助けてくれて本当にありがとうございます。

（……ん？）

調査を進めていく私たち。

向こうの地面で何かが松明の明かりに反射して光っていたので調べてみる。

私たちは湖の外周を回り込み、光源の元へと歩いていく。

足元はぬかるんでおり、薄暗い。

移動中に湖に落ちないように気をつけながら……目的の地面の場所へ。

(うん？)

調査のために土に触れると大きな違和感。妙に固かったのだ。

「クルト、荷袋からピッケル出してくれる？」

「え？　ああ……」

「ありがと」

クルトから受け取ったピッケルで、足元の地面を削りとる。

コンコンと音がして、砕かれた土を拾い上げる。

よく見ると土の中には青い小さな半透明の石。

「ね、ねぇクルト、これ……もしかして、魔石じゃない？」

「なにっ！」

クルトの大きな声が壁で反響するが、驚くのも無理はないと思う。

魔石とは天然資源であり、マジックアイテムの動力源などに使用される希少品。

大きなサイズのものとなれば、飛空艇や巨大船の動力にもなる。

「これはまだ小さな欠片だけどね」

「だからって……まさか」

マジマジと土の中に入っている魔石（らしきもの）を見るクルト。

魔石は魔力濃度の高い上位ダンジョンなどでしかお目にかかれない。

魔剣同様、まさか薄暮の迷宮で見つけることになるとは……。

一応他の地面も掘り返していくと、似たようなポイントがいくつかあり。

「嘘でしょ、ここにも、こっちにも魔石が……どうなってんのよ」

「もう、ここまでくると偶然じゃ済まないな」

大体が一センチメートルにも満たないサイズの小さなもの。

いずれもまだ新しく、できてから時間が経っていないなそうだが。

なんでこんなにたくさんあるの？

「ロッテ、今回のダンジョンの異常って……これ？」

「でしょうね。こんなものがあれば……魔力分布が大きく狂うのも当然よ」

魔石は結晶化現象といって、周囲の魔力を取り込みながら大きくなっていく。

その際に魔力分布が大きく変化する。

どうやら原因はダンジョン内部ではなく、その下にあったようだ。


落下して、一時はどうなることかと思ったけど。

怪我の功名というべきか、なんなのか……凄い発見をしてしまった。

「さて、魔石を見つけたはいいけど……どうしようか？」

「ああ、普通に魔石の採取は……少しまずいか」

クルトも私が言いたいことに気づいたようだ。嬉しいけど正直扱いに少し困る案件なんだよね。

ゴンザレスさんは現場の判断に任せると言ってくれたけど……これはちょっと問題だ。

予想に対して出てきたものが大きすぎる。

基本、ダンジョン内のお宝は見つけた冒険者の物になるが、いくつか例外も存在する。

その一つが魔石で、一定サイズ以上の巨大魔石だと冒険者はギルドに対して報告義務が生じ、ギルドから国へ報告が行く。

幅広い用途のある魔石は王国の優先買取権が生じ、色々とややこしい法に引っかかってくる。

私たちが魔石を見つけたのは今回が初めてではない。

何度か上位ダンジョンで発見したがそれは一つ、二つでサイズ的にも小さかった。

ここまで見つかった魔石はサイズ的に小さいが……この数。

詳しく調査していないから漠然としか言えないが、まだまだたくさん眠っていそうだ。

探せばもっと大きな魔石もあるかもしれない。

もしかすれば大陸に数カ所しかない、貴重な魔石鉱山となるかもしれない場所だ。

魔石を取れば魔力分布が均一となり、ダンジョンの魔物生息数は元に戻りそうだけど、私たちの独断で決めるのはね。

「そもそも魔石の所有権とかどうなるんだ？　一応、俺たちは調査に来たんだよな？」

「そもそも……そこよね」

クルトの疑問。本来、新発見されたダンジョンなどで、送り込まれた調査隊が発見した宝を持ち出すことは禁止されているが……。

「だけど踏破ダンジョンに関する規定はなかったような……」

踏破ダンジョンとは全フロアを調査し終えたダンジョンを指す。

新発見はないだろうと国や冒険者ギルドが判断したダンジョンで、基本的に下位ダンジョンの殆どが該当し、薄暮の迷宮も含まれる。

「そもそも、この空間はダンジョン内という扱いなのか？」

「私に言われても困っちゃうわね」

「ま、そりゃそうか」

イレギュラーすぎて、とにかく私たちだけでは判断しにくい案件だということ。

一度ギド村の人たちやギルド上層部に確認をとった方がいい。

もしかすると、国の綿密な管理下に入るかもしれない。

「なんにせよ、それなりに大きな報酬は貰えそうだけどね」

「だな、村としてはどうなんだろ」

「金銭面でいえば悪い話じゃないわよ」

「人も呼べそうだし、十分なお釣りがくるか……」

「ええ……じゃあ、話を整理しに一度地上に戻りましょうか？」

「了解」


魔石を発見したので、今後の判断を仰ぎに地上へと戻る。

【疾風】の三人に魔石の件を詳しく説明すると面くらった顔をしていた。

とりあえず地底湖からダンジョン経由で街へ。

どこかに別の出口があるかもしれないが、ここは無理をせず確実に戻れる道を進む。

「でもロッテさん、思ったよりもかなり早く調査が終わりましたね」

「ええ」

イーシアの言葉に頷く私。ダンジョンの外に出ると強い日光が目に刺さる。

さっきまで暗闇の中にいたのでかなり眩しい。

太陽の位置を見るにぼちぼち正午、この分ならお昼過ぎには街に戻れそうだ。

あそこで落下しなければもっと調査に時間がかかっていただろう。

「ま、運が良かったのかしらね」

「運というか、今回のは悪運だけどな」

クルトが突っ込む。……ですね。

でも、あれだ。冒険者にはそういうのも必要なのだと自分を無理矢理に納得させてみる。

「ロッテさん、このあとどうすればいいんですかね？　私たち」

「一度ゴンザレスさんに報告かな、それからまた指示を待つことになると思う」

とはいえ今からリムルの街に戻ると夜になる。明朝に出発という形だろうか。

「ほ、報酬とかたくさん出るのかな」

「ま、その辺も含めて話をね」

興奮気味のヤト。こういう発見は冒険の醍醐味でもある。

ギルドマスターはゴンザレスさんだ。

今回の功績を考えればそれなりに出してくれると思うけどね。

「さて、今頃村人たちも元気になっているかな」

正午、太陽が一番高く上がり光魔法を展開するにはベストの時間。

ぼちぼち回復魔法が発動されてもいい頃だ。

「ふん、あの女はどんな顔をするかしらね。まさか初日で魔石を発見する成果を出すなんて夢にも思ってもいないでしょうね……くくく」

悪女のような笑みを浮かべる私。

「あ、アンさん……そんなに悪い人ではないんですよ」

「なるほど、じゃあいい人でもないのね」

「……もう」

フォローするようにイーシアが言うけど。

昨日一緒にいた彼女たちしか知らないアンジェリカの一面なんて、私は知らない。

山を下りながら話していると、ギド村が見えてきた。

あと五分歩けば着く距離まで来た頃。

「あれは……」

「へぇ」

「おお、おおおぉ」

「すげぇ」

「きれ、い……」

空へと延びる六本の光の柱、赤みを帯びた柔らかな光が雲を貫く。

それを見た五者五様の驚きの声、どうやら無事に広域回復法陣が発動したようだ。

それから間もなく、私たちはギド村に到着する。

「あれ？　今、入口の門番さんいないのか」

「お昼でも食べているのかな？」

ヤトとシルドの何気ない会話。確かに変ね……今朝はいたはずだけど。

まぁアンジェリカの魔法の見学でもしているのかもしれない。

多少の違和感を感じたが、そのまま村の中に入る私たち。

入口近くの村の広場の方へ行くと、見覚えのある姿を発見する。

広場にポツンと立つ白銀の鎧を着た女性……大聖女アンジェリカ。

「アンさん！」

ヤトの元気な声に反応し、アンジェリカの背中が震えた。

ヤトが彼女の元へと駆け寄る。

「アンさん聞いてくれよ！　実は俺たちダンジョ……ン、で」

「おま、え……ら」

「アン……さん？」

そこにいたのは私の知るアンジェリカの姿ではなかった。焦燥したような顔で振り返る。

空に煌々と輝く太陽のような、良くも悪くもエネルギーの塊だった印象の大聖女。

その人がまるで正反対の絶望した子供のような顔で。

血の気をなくし今にも泣きそうな顔で……私たちを見ていた。

広場に近づき、彼女の異常の理由に遅れて私も気づく。

「ぐ、あ……」

「ううう………う」

広場に倒れているのは村人たちの姿。

それも一人、二人ではない苦しむ子供や老人。

（なに、よ……これ）

苦痛の声をあげ、口からは涎がダラダラとこぼれ出て、中には精神が錯乱したように地面をかきむしり、指先から血が出ている者もいた。

「「「……」」」

言葉も出ず呆然とする。私たちを出迎えたのは歓迎などとは程遠い。

地獄絵図のような光景だった。

「こ、これは……どういうこと？」

村人たちの身に起きた異常事態。

とにかく一刻も早く状況を確認せねばと、私はアンジェリカへと詰め寄る。

「わ、わからない」

「これだけの事態が起きて、何もわからないわけがないでしょう？」

「本当にわからねぇんだよ！　皆、ついさっきまで元気だったんだ！　子供たちも仲良く広場で遊んでいたんだ！　なのに……魔法を展開したら、く、苦しみだしてよぉ」

「…………」

「だ、大体、理由がわかったら、俺がとっくに対処してるに決まってんだろうが！」

私のローブの襟首を掴み、泣きそうな叫ぶアンジェリカ。

「くそっ、くそおぉっ！」

恐怖のせいなのか、彼女の手が震えているのが伝ってくる。

「ごめん……落ち着いて、ゆっくりでいいから話を聞かせて。まず確認だけど、話を聞くに広域回復魔法《エリアヒール》をかけるほんの数分前までは皆元気だったということでいいのね？」

「あ、ああ……」

「難易度の高い大規模範囲魔法だし、魔法の展開に失敗したという線はないの？」

「そ、それはねぇはずだ。失敗したにしても発動せず私の魔力が無駄に消費されるだけで、回りに害を与えるなんてことはねぇ……と思う」

先ほどの天を貫く光を見る限り、おそらく彼女の魔法は成功している。

それには私も賛同する、
実際、私は村に入ったことで、ダンジョンで落下時に打ち付けた腰の痛みが消えているし。

「他の回復魔法は試したの？」

「ああ、だが……治らない。いや、それどころかどんどん悪く」

「………」

アンジェリカの発言を整理すれば、回復魔法で病状が悪化したことになる。

常識的に考えればそれはあり得ないはず……なんだけど。

そもそもこの現状そのものが異常なわけで、何かが頭に引っ掛かっている。

私の傷は治癒されており、【疾風】メンバーたちもクルトも平気。

（村人と私たちとの違いは……なんだ？）

回復魔法による容態の悪化、ダンジョンの異常。

パズルを組み立てるように、この村で起きたことを頭の中で一つ一つ整理していく。

思考していると、ふと私の目に留まったのは広場に設置された大きな井戸だった。

「まさか……」

たった一つだけ、該当しそうな病気の心当たりが浮かんだ。

ただ、これはできることなら……。

「アンジェリカ……この村の生活で使う水、水源はどこ？」

「す、水源？」

「とても、とても大切なことよ……答えて」

「あ、ああ……厳密な場所はわからねえけど、そこの山から流れる水を引いている、はずだ」

薄暮の迷宮のある山の方角を指さすアンジェリカ。

推測が正解かどうか確認するため、苦しそうに地面で暴れる子供の元に歩みよる私。

「お、おい、危ないぞ薬師」

「あの子の様子を直接見たいから手を貸してくれる」

「……え？」

心が痛むが、クルトとアンジェリカに子供の一人を抑えてもらう。

暴れても傷をつけたりしないように。

子供の額に触れれば高熱に、肌から噴き出る大量の汗、ドクンドクンと打つ胸の鼓動。

その目を手で開きよく見ると、瞳がやや青みがかっている。

「……っ！」

思わず、強く握りしめる拳。

(完全に、結晶化が……始まってる)

「ロッテ、もしかして」

「……うん、わかった」

付き合いの長いクルトは私の顔を見て察したようだ。

ダンジョンの時はドンピシャで当たって嬉しかったけど。

正直……今回は外れて欲しかった。

「十中八九……魔石病」

魔石の粒子が体内で結晶化現象を起こすことで起きる魔力枯渇症。

完全発症すれば、死の宣告にも等しい。

いかなる回復魔法も受け付けず、人の手では治すことができないとされる絶望的な病気だった。

「な、なんだ？　その魔石病ってのは！」

「説明するわ」

叫ぶアンジェリカ。私の知る魔石病について皆に語っていく。

この病気は端的に言えば、体内に取り込んだ魔石の微粒子が体内魔力と反応。

その後、身体そのものを魔石化させようと結晶化現象を起こす病だ。

魔力と肉体は密接な関係があり、結晶化の過程の中で引き起こされる高熱、激痛……最終的に発症から二十四時間程度で死に至る。

薄暮の迷宮で見つけた地底湖には魔石の微粒子が溶け込んでいる可能性が高い。

水は日々の生活で欠かせないもの。地底湖から流れてくる水をギド村の人たちが生活用水として使用していたとすれば、村人たちに発症の下地はできていた。

魔石の粉末があると知らずに体内に採取し続けていた。

それでも、昨日の村長たちの軽い咳や発熱といった症状を見る限り、完全発症（結晶化）は起きていなかったはずだ。

しかし……それがアンジェリカの魔法で発症した。アンジェリカの広域回復魔法《エリアヒール》。大魔力という名の餌を与えたことにより一気に症状が進んでしまった。

「で、でも先生……俺たちも昨日、山の水でできたお酒を飲んだけど、なんでもないぞ」

「それはねシルド、単純に摂取量の問題よ。私とクルトも昨日提供された水を飲んだけどなんともない。それに私たちは高齢者や子供と違って体も丈夫だからね」

呼吸と同じように魔力も体内を循環する。

新陳代謝に問題ない私たちの年代なら、日々の生活サイクルの中で汗や老廃物と同じように外に出ていく。

ゆえに若者や健常者は粒子の蓄積量が少ない。必然、結晶化が起きずに済んでいる。

「な、なら薬師、今からでも少しずつ意識して体内の魔力を動かして排出できれば……」

「時間はかかるかもしれないけど、治る可能性はあるかもね」

アンジェリカの言葉に答える。無論それまで体力が持つかという問題はあるけど。

その顔にほんの一瞬だけ希望の灯がともるが……。

「でも、この状況で魔力を操作なんてできる？」

「……………あ」

即理解するアンジェリカ、私より魔法の専門家である彼女の方が詳しいはず。

この病気のやっかいなところはそれだ。

一度発症すると、殆ど使える手がなくなることだ。

激痛の中、結晶化により体内で荒れ狂る魔力を制御して魔力を動かすなど不可能だ。

かといって外部から余計な魔力を加えて動かせば、今回のように結晶化を促進しかねない。

「な、治す……方法は、他には」

「不明……完全発症してしまったら」

魔法の得意なエルフなら優れた魔力制御能力で手で触れるだけで相手の魔力を操作できる。

しかし、人間では……。

「なん、だよ……そ、それじゃあ、俺がみ、皆を？」

「………」

私は答えない……あまりにも残酷な答えだから。

「あ、ああ……あああああっ！」

地面にペタリと膝と手をつき、呆然とするアンジェリカ。

髪を振り乱し、血がでるほど何度も手を地面に叩く。

「……アンジェリカ様」

そんな様子を見てか、やってきたのは昨日見た聖騎士の一人。

姿が見えないと思っていたら、そこで話を聞いていたらしい。

「此度《こたび》の件を受けて、先ほどクダンが村を出発いたしました。王都の教会本部にご報告をと……」

「………っ」

アンジェリカの肩が、その言葉に反応して微かに動く。

クダンというのは朝見たもう一人の聖騎士の名前らしい。

「まさかこのような事態になるとは心中お察しします。共に同行させていただいた身として、いやはや本当に心が痛みます」

目頭を押さえ、わざとらしく悲しそうな顔を見せる。

「まさか自分の生まれた故郷の村の大切な人々を自分の魔法で……などと、とても考えれません。本来、人を救う役目の聖女がまさかその反対側に回るなんてね」

「お前は……」

「この、屑野郎が」

「あ、貴方という人は……」

気持ちの弱ったアンジェリカをさらに追い詰めるように、慰めるでもなく鬱憤を晴らすように呟く。

【疾風】の三人が睨むが薄ら笑いで聖騎士は返す。

「そ、そもそも同行していた貴方にだって責任問題は……」

「ふん……それはどうかな？」

イーシアの言葉に対し鼻で笑う聖騎士。

どうやら教会の勢力も一枚岩ではないらしい。

聞いたところ、彼らは魔剣の強奪事件を起こそうとしたらしい。

大方今回の事件、アンジェリカの大失敗を手土産にもみ消してもらおうとか、そんなことを考えているのだろう。

「ですが、誰にでも失敗はあります……このような大事件を起こした以上、もう大聖女ではなくなるかもしれませんがね、ふふ」

「…………」

まぁ……なんだ。教会側《向こう》の内情に首を突っ込むつもりもない。

彼女が責任を取る羽目になり、どんな処罰を受けようと私には一切関係ないことだ。

「まぁ農民あがりの聖女には、元々分不相応な地位だったのかもしれませんよ……あるべき場所に収まるだけの話ですよ」

「…………っ」

昨日アンジェリカに暴行された腹いせか、饒舌《じょうぜつ》に喋る聖騎士。

しかし、傷心状態の彼女はそれを言い返す気力もないようだ。

別に私はアンジェリカのことが好きでもない、特に借りがあるわけでもない。

(だけど……さ)

「ふん……バッカじゃないの」

「な、なに？」

黙っているつもりだったけど。

あぁもう……なんでっ、どうして、こんなにイライラするのか。

「何故、自分で自分の無知をひけらかしているのかしらね、この男は……」

「な、なに？」

私の言葉にポカンとする聖騎士。

「貴様……ん？」

「…………？」

口を挟んだ私をジロジロと観察する聖騎士の男。

「薬師、お前の顔を以前どこかで見たことあると思ったら……上聖女様《メアリー》に追い出された【紅蓮の牙】の薬師じゃないか？」

「「……え？」」

私がパーティを抜けた顚末《てんまつ》を初めて知り、戸惑う【疾風】のメンバーたち。

「先生……が、追い出された？　聖女の代わりに」

「ま、一応事実よシルド」

腹立たしいけど否定はできない、とても残念なことにね。

「役立たずと判断され、惨《みじ》めに捨てられたお荷物の薬師風情が、生意気な口を叩くじゃないか……アンジェリカ様に媚びでも売ってパーティに戻してもらおうという算段でもあったか？」

「は？　……もうどうでもいいわよ、あんなパーティ。大体今はそんな問題じゃないでしょうが」

「なに？」

私は聖騎士を真正面から見据える。

「さっきのアンジェリカへの発言を撤回しなさい」

「ふん、何を怒る？　何故そこまでして庇《かば》う？　誰がどう見ても大失敗だろうが」

「ええ、確かにそうね……その点は同意するわ」

だけど……他のすべてが見当違い、話の論点がずれてる。

あぁ……イライラする。

何故結果だけで判断して、物事の本質を理解してあげようとしないのか。

「これはあくまで、彼女が誰よりも優秀な回復魔法使いだから起きたのよ」

「なに？」

イライラする、イライラする……この男に。

それ以上に、呑気《のんき》にしていた私自身に。

「アンジェリカが無能で、大規模回復魔法を使う腕がなければこんな事態にはならなかった！

彼女が本当に未熟で愚かなら、こんな事態は起きようもなかった！　誰よりも努力して磨いてきたとてつもないプラスの力が全部反転したゆえの結果であり、彼女の聖女としての能力を否定するものじゃない！」

報酬の話なんて考えている場合じゃなかった。

せめて魔石を発見した時点で可能性を想像すべきだった。気づくのがあまりにも遅すぎる！

「何も知らず言われるまま黙って付き添っていた間抜けが、わかった顔して頓珍漢なことを言ってんじゃないわよ！」

「き、きさ……ま」

ギリギリと歯ぎしりをする聖騎士。

「は、はは……」

その様子を見てクルトがどこか面白そうに笑う。

怒りからか、聖騎士が反射的に手元の剣に手を伸ばすが。

そんな暴挙をクルトが許すはずもなく、抜いたはずの剣は真っ二つに叩き割られる。

「ひっ！」

「他人の邪魔をするだけなら、どこかに失せろ」

クルトに威圧され、恐怖で腰をペタンとおろす。

「おま……え」

「……ふ、ふん」

目を大きく開き、私を見上げるアンジェリカ。

「ほ、ほら、アンタもいつまでボサッと座ってんのよ、失敗についてごちゃごちゃいう気はないけど、ここで動かないなら私はアンタを軽蔑するわよ……泣くのはいい、けど……止まるな！」

「……い、言われ、なくてもっ！」

涙を浮かべながらも意地で立ち上がり前を向くアンジェリカ。

おのれ……なんか照れ臭いぞ。ガラにもないことをしてしまった気分だ。

とにかく、これ以上村人たちの病状が悪化しないように行動しなければ……。

「アンジェリカは魔法陣を破壊して、今すぐに！」

「あぁっ！」

駆け出すアンジェリカ、急いで指示を出していく。

「クルトとシルドとヤトは発症した人たちを広場に連れてきてくれる？　痛みで暴れるかもしれないから、これを三人で分けて持って行って」

ごそごそと自分の荷物袋を漁《あさ》る私。

さらにその中、専用の袋に入れてあるピンク色の花を代表してクルトに手渡す。

「この花は？」

「キコウバナの花……鎮静成分のある要するに麻酔薬の原料ね、効果が強いから嗅がせるのは花弁一枚分でいいわ。使う時は軽く擦《こす》るだけでいい」

本当は下処理して使うものだけど、緊急事態で時間ないからね。

「イーシアは、清潔な布と沸かしたお湯をありったけ用意してくれる？　水は地底湖に繋がる井戸とかじゃなく、向こうに雨水を貯《た》める池があったはずだからそっちを使って！」

「わ、わかりました！」

各々村人たちを助けるために動き出す。


どうすればいいか、皆が準備をしてくれている間に考えろ。

考えろ、考えろ、考えろ……私にできること、ここに存在するもの。

すべてを駆使して、何か治癒手段がないか考えろ。

原因は絞れてるんだ。なら今は、決して最悪の状況なんかじゃないはず。

魔石病の治療法を模索するため、冷静に頭の中を整理していこう。

治癒するには患者の魔力を動かすことで、魔石の粒子を外に摘出し結晶化を止める。

口にすれば簡単そうに思えるがこれが本当に難しい。

基本的に魔力は魔力で干渉できる（動かせる）。しかし、魔石病は外部から余計な魔力を与えると魔石の結晶化が進み、病状を悪化させる恐れもある。

つまりは魔力でしか動かせない魔石をできる限り魔力を使わず、精密に丁寧に動かし、外に排出する必要が出てくる。

うん、ごちゃごちゃしてて考えるだけで頭おかしくなりそう。

まるで謎かけを解いているみたいだ。

人間には無理でもエルフたちなら洗練された魔力制御技術を持つ。

手で触れただけで他者の魔力を直接操作可能で魔石病を治すことができる。

そのプロセスを人間である私が実行できればいいが、もちろん私にそんな魔力制御能力はない。

というか……なによこれ。こんなの魔法専門職の宮廷魔術師とかそっちの案件じゃないの？

薬師関係ないでしょ、ふざけんな！　そう愚痴を言いたくなる気持ちを飲み込む。

それを口に出しても誰が助けてくれるわけでもない。

（それでも何か、何か……私なりの方法で）

私がぶつぶつと呟き、必死で考えていると。

「ロッテさん！」

ヤトが高熱で意識を失った子供を背中に負《お》ぶって帰ってくる。

「ん、そこに寝かせてくれるかしら」

「わかった」

ゆっくりと地面に子供の身体を横たわらせるヤト。

「あと、俺たちだけじゃ手が足りないから、今村人たちにも事情を話して協力してもらって、こっちに病人を運んでもらってる」

「助かるわ！」

罹患したのは老人と子供、村の年齢層ごとの人数を考えるに十人は超えるはず。

確かに男三人だけでは大変だろう。

状況を報告してくれたヤトが、また走って手伝いに戻る。

と……そこで。

（……あ！）

走り去るヤトの背中を見て、閃《ひらめ》きが走る。

たった一つだけ、いけそうな方法を思いつく。

あるじゃない！　魔力なんか使わなくても魔石の粒子を摘出し結晶化を止める手が！

「ヤト！　ちょっと待って！　大事な話があるわ！」

ただ、そのためには……彼の協力がどうしても必要不可欠だ。

「……と、いうことなんだけど」

私の考えている魔石病の治療法をヤトに説明すると。

「ごめん、俺あんまり頭良くないから、ロッテさんが何言ってんのか、よくわからない」

「え、えぇと……だからね」

「だから一番肝心なことだけ教えてくれ、それで村人たちを助けられるのか」

真正面から私を見るヤト。真剣な瞳で私の次の言葉を待つ。

「うん……私はいけると思ってる」

「そっか……だったらいいよ。それに終わったら、ギルドから報酬も出るんでしょ」

「えぇ、それはまぁ……だけど、同じ物は」

「いいんだって、それに今は災いにしかならなさそうだから」

「そっか」

（アンタ、きっといい男になるわね……）

正直、内容的に拒否されても仕方ないかと思っていた。

でも彼は殆ど迷いなく快く承諾してくれた。

二人で話している間にも広場に運ばれてくる患者たち。昨日挨拶した村長さんの姿もあった。

そこにタイミングよく戻ってきたクルト。

ヤト一人だと大変なので、クルトに協力してもらった方がいいか。

「え？　本当に……いいのかヤト？」

「うん」

話を聞いたクルトは戸惑いながらヤトに確認する。

「俺にとってこれ以上有効な使い道はないよ」

「……わかった、なら場所を移動しようか、ここだと少し危ないしな」

二人が作業をしに去っていく。方針も決まりてきぱきと作業を進めていく。

ちんたらしている時間はない。横たわる患者たちを診て気持ちを引き締める。

「あとは、できたら……テントがあればいいんだけど」

空を見上げながら呟く。そこに、頼んだ布と桶に入れたお湯を抱えて戻ってくるイーシア。

「テント、ですか？」

「そんな本格的なのじゃなくていいのよ、作業に支障が出ない程度に光を遮るものがあれば」

スペースがないから広場を選んだけど、どこかの家を借りるべきだったかな。

失敗した、施術法を考えるにもう少し暗い場所の方がいいのだけど。

「だったら俺が手伝うぜ」

「トマスさん！」

話を聞いていたらしい二十代前半の村人の男性。

イーシアたちが昨日アンジェリカと一緒に飲んだ酒場の店主らしい。

彼は走っていき、村の木こりの家から長さ二メートルくらいの木を二本、頑張って運んできてくれた。

十メートルほど距離を開けて木を地面に打ち込み、その上にピンとロープを繋ぎ、繋ぎ合わせた布をひっかけ、風で捲《めく》れないように木杭《ぼっくい》で布を打ち付ける。簡易だけど……今はこれで十分。

「ありがと、トマスさん」

「礼なんていらねぇ……それよりも皆を頼む、薬師さん、アンのためにもよ」

「ええ、わかっているわ」

光を遮り、薄暗くしたテントの中で作業を続ける、横たわる罹患した老人や子供たち。

時間はそこまでかけられないが、焦らず可能な限りの速度で正確に。

すべきことを一つ一つ完了させていく。

「はぁ、はあっ！　薬師、魔法陣は止めたぞ！　次は何をすればいい？」

息を切らせながら、戻ってくるアンジェリカ。

「彼らの服を脱がして、イーシアと一緒に汗を拭いてあげてくれる？」

「わかった！」

「終わったら貴方も少し休みなさいね、大魔法の行使後なんだから無茶はしないで」

お湯で絞った布で患者の体を拭いたあと。

先ほどダンジョンで使用したキラーモスの鱗粉を彼らの身体にかけていく。

事前に汚れを落としておかないと、きちんと身体に付着しないからね。

これで少し経てば、特殊レンズ越しの視界が切り変わる。

体表面に魔力濃度を示す線が浮かびあがるはずだ。

手術中、手が使える今のうちに眼鏡の外側に特殊レンズを細い糸で固定しておく。

これで後は……アレの到着を待つだけなんだけど。

「先生！」

「ロッテさん、できた！」

テントに入ってくる三つの影。

「ごめんロッテ、少し時間がかかった」

「ううん……丁度いいタイミングよ」

クルトが頼んだ物を入れた箱を横に置く。

思ったより時間がかかりそうだったので、途中会ったシルドにも手伝ってもらったようだ。

皆に協力してもらって、施術に必要な道具が揃い準備が完了。あとは実行に移すのみ。

視線を下げると、力なく横たわる五歳ぐらいの男の子。

まずは一番症状の重そうな彼から。

「う、うう……」

顔は赤く、高熱で意識も朦朧《もうろう》としている様子。

（もう少しだけ……我慢してね）

施術を前に成功を祈るアンジェリカ。

クルトと【疾風】の三人も緊張した顔で見守っている。

深呼吸して、脳裏に成功のための道順を思い描く。

クルトから受け取った箱を開け、私が取り出したのは長さ数センチの細長い銀色の金属。

自分の手を切らないようにそれを持つ。

「それ、もしかして針……ですか？」

「ええ……」

首を縦に振る私。

「ロ、ロッテさん……あの、まさかと思いますが」

「そのまさかよ、この針で治す」

針治療。誰でも知っている有名な肉体改善療法。

ツボとか肉体の一部を刺激することで体内機能を改善させる。

相応の知識と技術はいるし、素人がやると間違えたツボを押したりでとんでもない事故が起きることもあるけど、大掛かりな道具も必要なく比較的お手軽な、人々の中でも浸透している療法だ。

魔力で動かせば魔石の結晶化が促進してしまうゆえに、別の代替手段が求められていた。

そこで思いついたのがこれだ。

「この針で、乱れた魔力の流れを整えていく」

「ば、馬鹿なっ！　ふざけてんのかお前！　肩こりを治すのとは訳がちがうんだぞ！」

「痛いわね……私はふざけていないわよ」

私の肩をがっしりと掴むアンジェリカ。

「手を放しなさい。言っとくけど、普通にやってたらこの病気は治せないわよ」

「そ、それは……」

「で、でも！　針で魔力の流れをコントロールするなんて私も聞いたことがないですよ」

魔力は魔力で動かすのが基本。

常識で考えれば針を刺しても体内魔力に干渉することはできない。

イーシアの反論はもっともだけど。

「だからって、魔力で魔力に干渉することは今回に限っては禁じ手でしょ」

「で、ですが……」

「まぁ見てなさい……始めるわよ」

深呼吸。上下する男の子の小さい胸に、腕に、足に、肩に……丁寧に。

神経を集中させて、上から垂直に一本二本と、ぶれなく狙ったポイントに正確に刺していく。

「そ、そんなに刺して大丈夫なのか？　先生」

「大丈夫よシルド、見た目ほど痛くないから」

痛みの度合いは先端の形にもよる。小型の針であれば皮膚の抵抗も少なく痛みは小さい。

一応麻酔薬も使用しているし問題はないだろう。

それに……あまり針が大きいと狙いが狂う。

（よし、なんとかいけそうね……）

特殊レンズ越しに映し出される魔力濃度図を適宜確認。

少しずつではあるが、男の子の顔色がよくなっていく。

時間経過とともに、徐々に呼吸が落ち着いてきているようだ。

「う、嘘だろ。信じられねぇ……本当に良くなっている、のか？」

喜びと驚きの混じったアンジェリカの声。

「ど、どうして……針を刺しただけで魔石病が治るんですか」

「勿論、普通の針じゃなからよ。少なくともこれ、イーシアはしっかりと見覚えがあるはずよ」

「……え？」

箱に入っている金属の針、その一本を取りまじまじと見つめるイーシア。

「も、もしかしてこれ……」

はっと目を見開くイーシア。

ヤトの方を一瞥すると、合わせるようにヤトが首を縦に振る。

「そう、これは魔剣ランチュラの刀身だったものよ」

体内魔力を循環させて、外部に魔石粒子を排出する魔石病の治療法。

基本的に魔力は魔力でしか干渉できないが、今回に限り一つだけそれを覆す手を存在した。

それがこの魔剣を削って作られた針だ。

「イーシア、魔剣には修復力が備わっているって、前にギルドの講習で口にしたこと覚えてる？」

「は、はい、そういえばヤトにおっしゃってましたね」

「私はその魔剣の特性を利用したのよ」

傷ついた魔剣には修復力が働く。この修復力が今回の施術法の肝だ。

勿論普通の針を刺しても体内魔力に干渉することはできないが、これはヤトの魔剣、ランチュラの刀身だったものだ。

損傷時、傷ついた魔剣はその使い手からエネルギーを奪う。

ならばその一端で作られた針を刺せば、体内魔力を動かし魔石の粉末を取り込むことができるのではないかと考えたのだ。

「この魔剣は同じ薄暮の迷宮できたもの。魔石は魔剣にとってこれ以上ない餌となる」

肉眼で捉えきれないような小さな魔石粒子も魔剣が吸収してくれる。

とはいえ、そのまま大きな魔剣を体に突き刺す真似は当然できず、狙った位置に刺せない。

小型の針状にする必要があった。説明しながらも手を止めずに施術を進めていく。

一時間ほど経過し、患者の半分に魔剣針を刺し終える。

そこで作業を中断し、眼鏡を外して下に置き、立ち上がる。

「ふぅ……」

「え、薬師？　どこへ」

「あ～テントの外で十分だけ休む」

こんな時だからこそ適宜休息を挟む、焦って失敗するわけにもいかないからね。

「それなら、俺が魔法をかけるぞ！」

「気持ちだけ受け取っておくわ。少し集中しすぎた。精神的疲労もあるから、時間を空けた方がいいしね」

「わ、わかった」

目元をもみもみして刺激を与える。

普段と違うレンズ越しの視界での施術はさすがに負担も大きい。


テントの外に出る薬師を俺は見送る。

俺の回復魔法でも治せなかった不治の病。まさか本当に針で治してしまうとは……。

今でも目の前の光景が夢ではないかと思う。

「す、凄いねロッテさん。魔石病って不治の病と言われてるのに、流れるようにあっさりと」

「ああ、ただ針を刺しているようにしか見えないのに」

「俺も同感だ」

張り詰めた空気が少し緩み、会話する【疾風】の三人。

「というか、最初にしっかり説明を聞いた時もさっぱりわかんなかった」

「そ、それでよく魔剣を割るゴーサインを出したね、ヤト」

薬師への信頼なのか、思考を放棄しただけなのか。

イーシアがヤトの言葉になんとも言えない顔をしている。

と、そうだった！

「本当にすまねえヤト、魔剣のこと心から感謝する」

「いいって、アンさんは昨日俺たちのことを助けくれたしさ、そのお返しだ」

「た、助けたって、あれは元々俺たちの不始末で」

「いいんだよ細かいことは。謝るより後で剣の稽古でもつけてくれた方がよっぽど嬉しい。アンさんの剣、凄かったし」

「ヤト……ああ！」

頭を下げる俺に少し照れ臭そうにヤトが答える。

しかし……わかんねぇな。

「あの薬師はどうして正確に針を刺せるんだ？　どこに刺せば治るのか、まるで魔力回路をすべて把握しているかのように、ピンポイントに選んで」

「ああ、それはキラーモスの粉のおかげでわかるんですよ」

「あの、少し前に体にかけてた粉か？」

「はい」

ダンジョンで経験したことを説明するイーシア。

「と……いうわけで、白黒の映像で魔力濃度が判断できるんですよ、だから」

「…………」

しかし、説明を聞いても俺には納得できない部分があった。

「アンさん？　どうしました？」

「いや、その話は本当か？　俺の考えじゃそれでも……いや、イーシアの言葉を疑うわけじゃないんだけどよ」

話を聴いたがやっぱり腑《ふ》に落ちない。気になった俺は……。

「悪い薬師！　ちょっと眼鏡……見せてくれねぇか？」

「いいけど、絶対に割らないでよ」

「わかってる！　サンキュ！」

外にいる薬師に確認をとり、丁寧に眼鏡を持つ。

レンズ越しにまだ治療を受けていない村人の身体を確かめる。

「どれど…………なっ！」

呼吸をするのも一瞬忘れ、その光景に見入る。

ぶるり、と……反射的に体が震えた。

「アン、さん？」

「…………」

俺を心配するイーシアの声にも返す余裕がない。

それほど衝撃的な光景だった。

（じ……冗談、だろ）

震える指先、それは寒さが原因などではない。畏怖ゆえか、感動ゆえか。

レンズの奥には映し出されたのは白の世界。

魔石の結晶化により乱れに乱れた体内魔力。

魔力濃度の変化を示す白線が幾重にも重なり、雪原の中にいるかのような映像。


（これで……一体何を見てんだよっ、アイツは）

当たり前に見えた光景が、崩れ去る瞬間だった。


小休憩を終えて、外からテントに戻ってくる薬師《ロッテ》。

「よし、続きを始めますか」

「…………」

「どうしたのよ、アンジェリカ？　人の顔をジロジロ見て」

「あ、いや、ごめん」

「何よ……その妙に素直な反応は」

戸惑いがちに俺の顔を見る薬師。

「なんだか調子狂うわねぇ……」

「う、うるせえ！　ほら眼鏡」

「ん」

眼鏡を受け取り、再び村の皆の治療作業に戻る。

邪魔をしないよう、距離をとって薬師を見守る俺たち。

ヤトが所持していた砕かれた魔剣ランチュラの刀身。削られて細い針状になったそれを、魔石病に罹患し、地面に倒れる人たちに一針、二針と突き刺していく。

時間経過とともに顔が健康的な赤色に、血色がよくなっていく。

「凄いな。やっぱただ針を刺しているようにしか見えないけど」

「ああ、パッと見、すげえ地味なのに」

「そんな……そんな、見た目通りの単純ものじゃねぇぞ、これは……」

「「アンさん？」」

地味？　ただ針を刺している？　これはそんなものじゃない。

確かに地味に見えるだろう。

何の変哲もない、素人でもできそうな針治療に見えるかもしれない。

だけど、あのレンズ越しの光景を見て、それなりに魔法をかじっている人間であれば理解できるだろう。

あの針の一刺しが何を意味しているのかを……。

薬師《ロッテ》が今していることがどれほどに常軌を逸しているのか。

どれだけあり得ないことなのかを。

「な、なんで……ここまで正確に魔力の流れを把握できる？」

「さっきも言ったけど、例の粉と特殊ガラスで見ているからじゃ？」

「ヤト、見た上で断言する……魔法を専門にしてる俺でも読み取るのは絶対に無理だ」

「え？」

冷や汗が流れる。

魔法が得意なエルフでもない、俺やイーシアのような魔法使いですらない。

どうして一介の薬師があそこまで正確に？

「そう……だった」

はっとした顔になるイーシア。

どうやら彼女も俺の考えに気づいたようだ。

「結晶化で大幅に魔力が乱れている！　ダンジョンの時とは全然状況が違う！」

「ああ……俺も見てみたが、もう真っ白だったぜ、どこに回路があるんだかさっぱりだ」

乱立する魔力の白線。

申し訳程度に黒い靄のような部分が存在していたような気もするが。

殆ど理解ができなかった。

「じ、じゃあ、ロッテさんは……どうやって」

「おそらく、魔力孔……だ」

「え？」

「たぶん、たぶんだが……魔力孔の位置から、おおよその魔力の回路を逆算してる」

薬師の近くに置いた紙には計算式のようなものが書かれている。

魔力孔、魔力の流れる回路の屈折点。

回路は必ず魔力孔を通るようになっている。

「ま、魔力孔の位置なんて読めるんですか？　今の状態で……」

「きっと、あの薬師にしかわからない、反応が出ているんだろう」

信じられないが、そうやって全部魔力回路を把握してるのでもなければ、あんなにピンポイントに位置決めして針は刺せない。

「でも、それでも……」

目を見開くイーシア。吸い込まれるように薬師の手の動きに魅せられる。

俺は……目の前の女のことを完全に勘違いしていた。

酷い考えだが、昨日の時点では強い男に寄生するお荷物の薬師だとまで思っていた。

「なぁアンさん、その魔力孔っていくつあるんだ？」

呟かれたヤトの疑問。

「人間の場合、十個存在するな……人によっては多少の増減はあるが」

「あれ、意外と少ないんだな……それなら」

「少ないものか！　孔を通る組み合わせを全部計算してみろ。単純計算だと百万通り以上だぞ！」

「…………ひ、ひゃくま」

本当に所作の一つ一つに迷いがない。完全に魔力の流れを見切っている。

過去に何度も経験があるかのように、その手は止まらない。

「あ、アンさんがそんな驚くなんて」

「あのクルトさんの剣技を見た時もそんな顔しなかったのに……」

「……あ？」

ヤトとシルドの言葉。

ふと、近くに立つ例の剣士《クルト》と目が合う俺。

「なんだ、もしかして気を悪くしたか？」

「はは……まさか、そこまで狭量じゃないつもりだぞ」

見た感じ、本当に気にしていないようだ。

「寧ろ、そう思ってくれて俺は少し嬉しい」

「……あ？」

よくわからないが、本当に嬉しそうに笑うクルト。

そしてクルトだけが当たり前のように、黙って薬師《ロッテ》のことを見ている。

「なんなんだ、お前んとこの薬師は」

「凄いだろ」
「凄いというか、もう訳わかんねえ……理解ができねえ」
勿論、こいつの剣技には驚かされた。
超一流の達人の動きで凄かった。でも……俺には理解はできた。
だが、この薬師がしていることは……戦慄する、圧倒される。
（…………ば、化物染みてる）
人知の外にいる、想像の外にいる何かを見ている感覚。
なん……で？　どうして？　コイツが役立たず呼ばわりなんてされんだよ？
どこをどうすればそんな判断がされる。
なんでたかが上聖女如《ごと》きにこいつの代理が務まると思った？
クルト以外の【紅蓮の牙】のメンバーも、教会の上層部も一体何を見ていた。
（こいつは、こいつはっ……）
一人、二人と針治療を進めていく薬師。
流れるように動き続けてきた薬師の手がピタリと静止する。
そして開始から二時間半が経過。
ついに、最後の一人への針施術を終えたのだった。

「ふぅ……これで、村長さんたちは一先《ひとま》ず大丈夫でしょう」

「ほ、本当か！」

「勿論、こんな時に適当な嘘はつかないわよ」

興奮気味に声を上げるアンジェリカ。

「ありがとう……ありがとうっ！　みんなを助けてくれてっ」

ギュッと私の手を握りしめる。

感極まっているせいか、ちょっと痛い。

「ヤマは越えたわ、でもまだ完全に安心するのは早いわよ……熱も引いたわけじゃない、落ち着くにはもう少しかかるはず」

「お、俺にできることがあればなんでも言ってくれ！」

「じゃあ山に生えてたココの葉を採ってきてくれる？　この人数分となると手持ちの解熱薬が足りなくなるかもしれないから……」

「おう、わかった！」

指示を受けてバタバタと元気に走っていくアンジェリカ。

なんとも素直で最初会った時のやりとりが嘘のように思えてしまう。

「ふぃ～～」

ひと段落し、地面にペタリと腰を下ろす私。

気が緩み、おじさん臭い声を出してしまった。

「お疲れ様、ロッテ」

「ん……一時はどうなることかと思ったけどね」

労《いたわ》ってくれるクルト。施術を終えてドッと疲れが襲ってくる。

今回の魔石病を治せたのは本当に運がよかったと思う。

早くダンジョンから戻ってきたおかげで早めに手を打つことができた。

そして一番の成功要因はヤトの魔剣だ。

アレがなかったら、魔力を整えることなどできなかった。

正直な話、前準備である魔力回路を読むことなどそれに比べれば些細《ささい》な問題だ。

たとえ結晶化で乱れていたとしても、構造の複雑な魔物に比べれば、人間の魔力回路を読むことなど造作もない。

ふと……思い出す、パーティにいた時のことを。

殆ど雑用係みたいな扱いで【紅蓮の牙】で働いてきた。

薬の用意だけではない、狩った魔物の解体もパーティで私が担当してきたこと。

どれだけ解体しても、最終的に私の手元に魔物の素材など殆ど残らなかった。

珍しい素材もアーノルドたちの装備品などに消えていった。

そんな私の姿は、もしかするとクルトから見れば惨めに感じたかもしれない。

（でも……無駄な時間なんかじゃない）

おかげで私は知ることができた。学ぶ機会をたくさん得られた。

魔力回路はただ無数の組み合わせからランダムで構成されるのではない。

そこには合理的な規則性が存在することを。

回路は心臓の上で必ず三度交差することを。

どこに魔力孔があれば、どの部分に左右対称の回路が発生するのかを。

クルトのように、剣なんて重くて自由に振れない。

イーシアみたいに便利な攻撃魔法も、アンジェリカのような派手な回復魔法も使えない。

パーティを追放もされた。

でも……私は決して彼らに劣っているわけじゃない。

たとえはっきりと見えなくても、自分が皆に勝るものは確かにあると信じている。

知識や経験というのは不滅であり私の宝だ。

一見未知のものに見えても、頭を振り絞れば意外と類似例は転がっており、解決策が出ることは多い。

物質的な意味合いはなくとも、一つ一つが私の血肉となってきた。

そして、その経験こそがきっと他の誰にもない。

私だけの武器なのだから……。

夜になり、時間経過で魔石病の症状も落ち着き、患者も今はテントの中で寝息を立てている。

看護テントを出て、備え付けられた広場のベンチに腰掛ける。

少し眠いけど、急変の可能性に備えて今夜ぐらいは傍にいるつもりだ。

大変だった一日を振り返りながら、眠気覚しの冷たい夜風を浴びていると。

「外にいたのか……薬師」

アンジェリカが飲み物を持ってやってくる。

「ほれ、受け取れ……差し入れの温かい紅茶だ」

「ありがと」

「……っしょ」

飲み物を渡した後、隣に腰掛けるアンジェリカ。

「「……」」

それから、お互い特に何かを話すわけでもなく。

ズズ、と紅茶を飲んで身体を温める。寒さで口から出た白い息が空へと昇る。

夜空を見上げて、のんびりした時間を過ごしていると、アンジェリカが口を開く。

「その、さ……ありがとな」

「お礼なら、昼間何度も聞いたでしょ」

「い、いいんだよ、何回でも言いたいんだよ、そういう気持ちなんだよ……言うだけならタダだろうが」

それ、今使っちゃ駄目な言葉だと思うけど。

「本当に……感謝してんだよ。お前がいなきゃ、俺一人じゃあの時何もできなかった。取り返しのつかないことになるところだったんだ」

「……アンジェリカ」

まあ、気持ちは十分に伝わってくる。

「とにかく……あれだ。てめえにはでけぇ借りができた、簡単には返せねぇようなでけぇ借りが……何かあれば遠慮なく言ってくれよ、できる限りお前の力になるからよ」

ポン、と自身の胸を叩くアンジェリカ。

「ま、今回の件で大聖女ではなくなるかもしれねぇけどな」

「そうなったらどうするつもり?」

参考までに聞いてみることにする。

「どうすっかな。まぁ最悪、仮に教会を追放されたとしてもその時はその時だ。元々の夢だった冒険者でも始めるさ」

「え……貴方、冒険者志望だったの?」

「ああ」

過去を話してくれるアンジェリカ。

大聖女の地位は彼女にとって人々を治すという目的を達成するための一つの手段。

すでに回復魔法を習得した彼女にとって、教会に所属することは絶対ではないようだ。

まぁ、私の考えではその未来になる可能性は低いと思うんだけど。

「つぅか、別に今のままでも、兼業しちゃいけない決まりなんてねぇんだよな」

まぁ【紅蓮の牙】に加入した聖女《メアリー》もいるしね。

とはいえ、冒険者は危険な仕事も多い。

待遇を考えれば相応の理由がなければ普通はやらないだろうけど。

「え……もしかして結構乗り気？」

「ま、悪くねぇ気はしてる。気が向いたら二人のパーティにでも入れてくれよ」

そりゃ能力的には文句のつけようもないけれど。

「ふぅん、貴方の嫌いな薬師と一緒だけど、いいの？」

「薬師云々じゃねぇよ、アンタと一緒ならきっと凄い景色が見れそう……ってだけだ」

「……あ、ありがと」

真っすぐな言葉に少し照れる私。

「でも、よ」

「うん？」

少し戸惑いがちに口を開くアンジェリカ。

「なんで今日……村の皆のことを助けてくれたんだ？」

「そりゃ元々はそういう仕事だったしね」

アンジェリカが無理になったから、引き継いだようなものだ。

「いや、そういうドライな回答が欲しいんじゃなくてよ」

「なら、どんな答えがお望みなのよ」

まぁ彼女《アンジェリカ》が疑問に感じるのも無理はない。

昨夜の険悪な雰囲気を考えると、今こうして向き合って話しているのも不思議な感じはする。

「ま、あれよ。格好悪いことしたくなかった……それだけよ」

「……なんつうか」

アンジェリカがジロジロと私の顔を見る。

「勿体ねぇな、お前……生まれる性別を間違えてねぇか？」

「なによそれ、アンタにだけは言われたくはないんだけど」

「あぁん？」

「なによ」

そう言い、にらみ合う私たちだったが……。

「ふふっ」

「……くく」

なんとなくおかしくなって、どちらからともかく吹き出す私たち。

夜空の下で、二人の笑い声が響いていた。

エピローグ

ギド村での魔石関連の騒動から七日後。

なんというか、本当に色々あったが、私はようやくリムルに戻ってきた。

そして今、ギルドの執務室でゴンザレスさんと久しぶりに顔を合わせている。

「……………」

「あ、あ～その、なんだ……」

私と目を合わせようとせず、気まずそうにポリポリと頬をかくゴンザレスさん。

部屋にはゴンザレスさんと私の二人だけ。

ちなみにクルトは軽く報告だけして、今はヤトの新しい剣選びに付き合っている。

いや、この空気を察して奴は逃げた可能性もあるけど。

「さて、ゴンザレスさん」

「お、おう……」

「はっきり言います！　…………疲れました！」

「お、お疲れさん」

大聖女とのまさかの遭遇、それに加えて魔石の大量発見。

極めつけは魔石病の治癒だ。立て続けに起きた出来事に文句を言う私。

「いや、なんつうか、報告を受けた時はたまげたぞ。信じられない大事になったもんだな、おい」

いや、本当に疲れたよ、村人たちの容態が回復してからも大変だったのだ。

魔石の粒子に汚染された井戸の処理問題とか。

農作物への影響はないかとか調べて、村人たちが問題なく過ごせるように色々と村人たちの手助けをし終えて、ようやく街に戻ってこれたのだ。

「だが……うん、さすがロッテの嬢ちゃんだな」

「ここで褒められても、なんだかなぁ」

「ち、違ぇよ、本心だっての……か、肩でも揉もうか」

「い、いいですよ。ちょっと愚痴を吐き出したかっただけですから」

まあ、さすがにギルド支部のトップにそんなことをさせるわけにもいかない。

村人たちも感謝してくれたしね、大変だったけど。

「でも真面目な話、ゴンザレスさんの判断がベストだったたからですよ」

「おいおい、謙遜してもいいことはねぇぞ」

「いえ……謙遜でもなんでもないです」

助けるためのピースがしっかりと揃っていたから助けられた。

薄暮の迷宮産の魔剣をヤトが持っていたから。

ゴンザレスさんが彼をサポートに派遣してくれたから……。

まぁ、たられればを言いすぎてもキリがないけれどね。

「ま、いいです。頑張った分、さぞや素晴らしい報酬が待っているのでしょう」

「あんま、期待値上げられても困るんだがなぁ……」

「ふふ……半分冗談、半分本気ですよ、気にしないでください」

「めちゃくちゃ気にするっての」

今王都の方にも魔石発見についての報告が行っている。

ただ、正確な報酬などについては地底湖の調査がもう少し進んでからの話になりそうとのこと。

とりあえず手持ちのお金もないので、必要経費だけは請求しておくことにした。

「これからアンジェリカはどうなると思います？」

「多分だが、大聖女の資格まではは奪されないんじゃねぇか？」

「やはりそう思いますか」

「ああ、もし村人たちがあのまま……ということになっていたのならまだしもな」

教会側にも思惑はある。教会内での彼女の立場が悪くなるのは避けられないだろうけど。

今回の件、大聖女が治せない病を薬師が治したことになる。

しかもその薬師は、自分たちが聖女を加えるために追い出したパーティの薬師。

教会としても隠せるなら隠したい失態、大々的に触れ回るような真似はしないはずだ。

そんなことをすれば自らの無能を晒《さら》すことになる。

被害に会った村側としても、同郷のアンジェリカを貶めるようなことは言い触らさないだろう。

ま、今回の件で私は教会に目をつけられたかもしれないけど、仕方ない。

面倒ごとに巻き込まれないことを祈ろう。

「しかし、こんな話を聞くと回復魔法に対して少し思うところも出てくるな」

「あくまで今回のは特例だと思いますよ」

回復魔法が効かない病気はあっても、悪化する例を経験したのは私も初めてだ。

「……でも確かに少し怖い、ですかね」

「怖い？」

ゴンザレスさんが眉を顰める。少し予想外の言葉だったらしい。

「うーんと、なんて言うんですかね。ほら、魔法って原因がわからずとも、大体の症状は何となくで治してしまうじゃないですか？」

「まぁな」

「例えば解毒魔法、世界に存在する毒は一種類じゃない。キノコ、魚、植物、動物と生物によって保持する毒は異なる。薬師ならそれに合った薬を調合しますが魔法はそのプロセスがない」

よく言えば汎用性に優れているけど、悪く言えば大雑把すぎる。

その曖昧さというか、なぁなぁさというか。漠然さが今回は仇《あだ》になったように思える。

（魔法はとても便利……それは利点でもあるけれど）

無論、回復魔法が簡単というわけではない。

アンジェリカのようなハイレベルの術者は習得に常人には理解しえないような想像を絶する苦労をしているだろう。

魔力量や緻密な術式を確実に発動させる魔力制御をあげる修練だったり……。

「ふむ、要するに纏めると完璧なものなんて存在しないってことだな」

「そういうことですね」

今回のギド村の顛末。

終わってみて、なかなかに考えさせられる一件だった。

本書に対するご意見、ご感想をお寄せください。

あて先

〒162-8540 東京都新宿区東五軒町3-28
双葉社　Mノベルス f 編集部
「インバーターエアコン先生」係／「⑪先生」係
もしくは monster@futabasha.co.jp まで

Mノベルス

極《きわ》めた薬師《くすし》は聖女《せいじょ》の魔法《まほう》にも負《ま》けません～コスパ悪《わる》いとパーティ追放《ついほう》されたけど、事実《じじつ》は逆《ぎゃく》だったようです～

2021年3月17日　第1刷発行

著　者　インバーターエアコン

発行者　島野浩二

発行所　株式会社双葉社
〒162-8540　東京都新宿区東五軒町3番28号
［電話］03-5261-4818（営業）　03-5261-4851（編集）
http://www.futabasha.co.jp/（双葉社の書籍・コミック・ムックが買えます）

印刷・製本所　三晃印刷株式会社

［電話］03-5261-4822（製作部）
ISBN 978-4-575-24383-3 C0093

Mノベルス

新たに出てきた聖女により、婚約破棄＆冤罪でダンジョン攻略最前線から追放された元聖女ステラ。1年後、冒険者になった彼女は、先祖返りで青い竜に変化することができる亜人・リーンハルトを助けて、彼とコンビを組むようになったことで、楽しい日々を過ごしていた。一方、ステラがいなくなった後、あと少しで終わると思われていたダンジョン攻略は、なぜか1年が経過しても終わらないままで……。元聖女と秘密を抱えた青年が紡ぐ冒険ファンタジー、ここに開幕！